電子要塞《サイバー》を潰せ！

制圧攻撃機《ブルドッグ》突撃す

大石英司
Ohishi Eiji

文芸社文庫

目次

主な登場人物

飛鳥《あすか》亮《りょう》三佐——航空自衛隊戦場制圧攻撃機《ブルドッグ》機長
歩巳《あゆみ》麗子《れいこ》——同副操縦士にして財務省税関部特別審理官
間島《まじま》純《じゅん》一曹——同センサー・オペレーター兼通信手
森本《もりもと》肇《はじめ》三曹——同25ミリ・バルカン砲射撃手
鳴海《なるみ》弘《ひろし》——外務省審議官、領事作戦部（略称《F2》）代表
須米等木《すめらぎ》章《あきら》二曹——陸上自衛隊調査部別室、F2メンバー

ダナ・モルダー大尉——国家安全保障局《NSA》、TOPSメンバー
フォックス・スカリー——連邦捜査局《FBI》捜査官、TOPSメンバー
デビッド・アッカーマン——TOPS局長、財務省副長官
アーロン・ガイガー——合衆国副大統領、通信《ネット》好きで有名
ヒロコ・ロータス警部——ハワイ州警察組織犯罪部
モーリス・ダンジガー——連邦捜査局《FBI》捜査官、ハワイ駐在
ロイド・マクジョージ少佐——国家安全保障局《NSA》
サミー・ワン教授——ハワイ大学電子工学専攻
ミルトン・R・セトルズ——ネット上で活躍する市民運動家
ラトウィック——伝説の市民運動家
ケビン・ウォッターズ——爆弾製造中に事故死した高校生
パット・ウォッターズ——その祖父、メディア王
諏訪《すわ》ジョージ博司《ひろし》——知床《しれとこ》で高校生ハッカーを率《ひき》いる男
新堂《しんどう》馨《かおる》——優秀な高校生ハッカー
マット・ベーカリー——マーフィのチーム・リーダー
サブリナ・タイラー——同メンバー
フランク・タイラー——同メンバー、サブリナの兄
ミハイル・ロストロビッチ——同メンバー、天才プログラマー

プロローグ

平凡な日常というのは、言われるほど退屈ではない……。

大阪は堺市《さかい》に住む主婦長井純恵《ながいすみえ》はこのごろそう思っていた。

結婚前は、毎日公団住宅の奥様方とどう付き合えばいいものかが、頭痛の種《たね》だった。

結婚直後は、夫を会社へ送り出し、洗濯を終えた後の時間をどう過ごせばいいものかと、途方に暮れたものだった。

一児の母となった今、彼女は、公園デビューも果たしたが、子供を連れて半日公園で、ワイドショー・ネタを喋《しゃべ》って過ごすようなことはなかった。彼女は、うまいこと、ほかに生き甲斐《がい》を見つけることができた。

夫が会社から持ち帰った中古のブック型パソコンが、彼女の退屈であったかも知れない人生に、一筋の光明《こうみょう》をもたらしたのだ。

文明は、いつの時代にもわれわれの暗く憂鬱《ゆううつ》な人生に光を投げかけてくれる……。

彼女が出た短大の英文学の教授の口癖《くちぐせ》だった。

夫の説明では、ノーブランドの、おそらく台湾《タイワン》製のブック型パソコンは、ＣＰＵが４８６のＳＸ、ハードディスクが１７０メガ、メモリが８メガしかなかったが、彼女の日常の作業にはそれで充分だった。

彼女は、辛《かろ》うじてＷＩＮＤＯＷＳ《ウインドウズ》95が走る環境で、お定まりの家計簿ソフトを与えられたが、これはすぐ飽《あ》きた。彼女は、そもそも家計簿を付ける、主婦として最低限の義務感に欠けていた。

中古のブック型パソコンを与えて、その性能不足を実感させ、デスクトップの新品を買わせようという夫の目論見《もくろみ》は脆《もろ》くも崩れ去った。

だが彼女は、他の利用方法を思いついた。会社で夫が持っていたパソコン通信のＩＤで、インターネットへとアクセスし、ネットサーフィンする面白味《おもしろみ》を覚えたのだった。

彼女は、ほどなくして自分の名前でプロバイダと契約し、泣き喚《わめ》きながら複雑怪奇なネットワーク・プロトコルを確立し、子供が産まれた半年後には、自分のホームページを公開するに至った。

息子の名を取り、「慎《しん》ちゃんのお部屋」と名付けた。夫が三万円の電子カメラで撮《と》った息子の写真と、近所の街の話題を書き留《と》めて公開するだけだったが、彼女は、それで満足していた。

手に職を付けようと、短大では、ごく初歩的な情報工学の講座も取っていた。その
ＤＯＳ《ドス》のパソコン上で、データベースのロータスを使う程度のレベルだったが、その

講座の講師が言った台詞《せりふ》を彼女は今でも覚えていた。

〝文明の進化と、情報の発達は不可分であり、その両面から観《み》て、現代は最も後進的な状態に置かれた暗黒時代である〟と。

グーテンベルクが活版印刷機を発明してしばらく、人類は情報文明の絢爛《けんらん》期を迎えたが、これはマスメディアの隆盛によりすぐ衰退する。

彼の言《げん》によれば、マスメディアとは、情報の独占にほかならず、それは文明の発達と人間の進化にとって、阻害《そがい》要因になりこそすれ、決して貢献はしないというものだった。

戦前は、あまたのミニコミ紙、もしくは地域に密着した地方紙が乱立し、独自のスタンスで社会現象を斬《き》って伝えたのに、戦後それはマスのメディアに吸収、あるいは駆逐《くちく》され、予定調和のシャンシャンで終わる、マジョリティにとって心地《ここち》よい情報社会の存在しか許さなくなった。

あの時は、ふーんという程度で聞いていたが、今の彼女なら、その講師以上のロジックをもって、情報というテーマに関して詳《くわ》しく語ることができた。

ネットワークは、彼女だけでなく、社会を変革しつつある。マスメディアが情報を独占できた時代は終わり、個人が自由に情報を発信できる未来を、今まさに切り開きつつあった。

彼女は、夫を会社に送り出し、洗濯をしながら子供を寝かし付けると、時計を観《み》ながらパソコンをテーブルに置いてわずか八インチの画面を開き、スイッチを入れながら電話線をカード型モデムに繋《つな》ぎ換《か》えた。

そのモデムのスピードは、一四四〇〇bps《ビーピーエス》しか出なかったが、彼女にとってはそれで充分だった。

朝の八時半をちょっと回ったところだった。彼女がアクセスするのは、いつもこの時間だった。

NTTのテレホーダイ・サービスの時間帯を抜け、学生は朝の惰眠《だみん》の中、会社員は電車の中。

一日じゅうで、もっともネットワークの回線が空《す》く時間帯で、深夜の混雑する時間帯と比《くら》べると、一〇倍近いスピードでネットサーフィンを楽しむことができた。

彼女は、ネットスケープ・ナビゲータを立ち上げると、まず自分のホームページへ飛び、昨日訪れた客の数を確認した。五人だった。まあ、こんなものだ。毎日一〇万人がアクセスする新聞社のサイトと一緒にはできない。

ネットスケープの画面右下にある封筒のマークをクリックすると、メール・サーバに接続し、彼女宛《あて》のメールが表示された。

最初の一通は、彼女のホームページにアクセスしたお客からの当たり障《さわ》りのない感想だった。

　次の一通は、アダルトCD－ROMの通販メールだった。どこで彼女のアドレスを入手したのか、月に一、二通舞い込むようになった。詳しくは解《わか》らないが、フィンランド経由で届くらしい。不愉快だからやめてくださいと返事したが、宛先不明で返って来た。

　ここしばらく、彼女が一番立腹しているのがこの迷惑メールだった。何しろ受け取りを拒否できない。

　しかし、まあ、こういうのは言論の自由に伴《ともな》うコストというものだ。

　三通目は、ウイルスに関する警告メッセージだった。発信者は誰だか解らなかったが、いちおう日本語で書かれていた。

「GOOD　TIMES」という件名《サブジェクト》が付けられていた。

「グッドタイムスというサブジェクトのメールは開かないでください。メールを開いただけで感染するタイプのウィルスが流れているようです」とあった。

　すでに彼女は、そのメールを開いてしまっていた。読んだ後でサブジェクトをどうのこうの言われても後の祭りだ。

　彼女は、一瞬自分の機械にも感染したのだろうと思ったが、すぐに自分の中で否定した。この発信者がどういう人かは知らないが、少なくとも名前がある。発信地は日本国内だ。こんなに簡単に履歴を辿《たど》れるような形でウィルスをばら撒《ま》くはずはない。それに、文体自体も、丁寧《ていねい》な注意だ。

彼女は、文書をコピーし、タイトルを変えて、自分が参加している地元の地域情報を交換するためのメーリングリストに、それを流した。

たぶん、この警告メールに接したのは、自分の周《まわ》りでは私が最初だろうという気がした。他の人々が被害に遭遇する前に、少しでも早く、少しでも多くの人々に警告を与えるのがネットワーカーの務《つと》めというものだ。

彼女のその警告は、三五人のネットワーカーに配布された。その日のうちに、その三五人のネットワーカーから、四五〇人のネットワーカーにメールが回送された。後は、ねずみ算式だった。

彼女が、グッドタイムス・ウイルスの正体を知るには、もう少し時間がかかった。

刺激がね、必要なんだ……。

ソルトレイクの山の中に五年間籠《こ》もった後、ミルトン・R・セトルズは、ニューヨークのビル街を見渡せるロングアイランドの高層アパートに引っ越した。その時、彼の意外な行動を笑った友人に、彼はそう語ったものだった。

セトルズは、いつものように、窓を開け、夜明けの空気を導《みちび》き入れると、寝る前にメールを確認した。

　彼が一日に付き合わされる電子メールの数は、優に一〇〇本を超《こ》える。仕事のメールが、ほんの一〇本。三〇が取材依頼。そのうちの半分は、電子メールの返事でこと足《た》りる。残りの六〇本が、ファンと称する一般人からのジャンク・メールだった。うち、三割が、グッドタイムス・ウイルスの蔓延《まんえん》に関する、ありがたくも親切な情報提供だった。

　セトルズは、それらすべてに、「グッドタイムスというウイルスは存在しない。このwwwを覗《のぞ》きなさい」という定型文メールを送り返した。

　セトルズは、次に〝ロードランナー〟を自称する匿名《とくめい》のメールに注目した。彼はその人物が行政府の中枢にいるらしいということ以外、正体に関して何も知らなかったが、きわめて的確な情報を提供してくれる貴重な人物だった。

　逮捕の瞬間が近づいているという内容だった。

　セトルズは、短く「ありがとう」と返事を書いた後、日付指定で二〇時間後流すメールを三〇本用意して発送した。彼がそれを取り消さなければ、二〇時間後、そのメールが流れることになる。もう一本、こちらは八時間後に指定して顧問弁護士相手のFAXメールを流した。こちらは、メールではなく、弁護士事務所のFAXに、八時間後吐き出されることになる。

そして、彼の部屋にあるすべてのデジタル・データに鍵を掛けるプログラムを走らせて、パソコンの電源を落とし、ベッドに入った。

時代は変わった。初めて彼が逮捕されたのは、大学のキャンパスでだった。その次逮捕された時は、弁護士が電話を遺《のこ》して事前に警告してくれた。今は電子メールだ。この次逮捕される時は、きっと、脳の中に直接電波を送ってもらえるんだろうと思った。

連邦捜査局《FBI》のフォックス・スカリー捜査官と、国家安全保障局《NSA》のダナ・モルダー大尉は、路上に駐《と》めたバンの後部座席に坐り、コーヒー缶を右手に持ち、夜食代わりのショコラ・デニッシュ・パンを食べていた。

監視カメラの映像から、ライトが消え、モニターの一つのランプが消えた。それは、セトルズの部屋の電話回線が、オフになったことを指し示していた。

「飯のタネだって？」

「ええ、私たちにとっては、何もかも飯のタネよ」

モルダー大尉は、ＤＥＣのノートパソコンのキーボードを叩きながら言った。

「でも、気が滅入《めい》ることは確かね」

「夕刊にきっとでかでかと載《の》るぜ。市民運動のヒーロー、またも不当逮捕さる……」

「不当逮捕じゃないわ。証拠はあるんだから」

「その証拠を予審判事が認めてくれるかどうかだ。自信はないね。なんで俺たちにお鉢《はち》が回って来たのか。うちの局内には、セトルズの取り調べに関わったって自慢するベテランが、少なくとも十人はいるんだぜ。昔は手柄《てがら》話になったんだ、奴を逮捕するってのは。今じゃ誰も誉《ほ》めてくれん。ホワイトハウスのご主人様だって、胸の内じゃ、よくやってくれたセトルズ君、それでこそ自由の国アメリカの誇りだって言いかねないんだから。知ってるかい？　副大統領が、規制反対運動のブルーリボンのサイトに賛同するメールを寄せたってこと」

「デマよ。きっと誰かが、彼のドメインをクラックしてなりすましてやったことよ」

「麻薬捜査の潜入スパイをやるのが夢だったんだ」

「あら、２６００のパーティだって、潜《もぐ》り込めばスパイができるじゃない」

「連中はすぐ気付くさ。どんな偽情報を用意しても、たちまち僕の親父が童貞を捨てた相手まで探り出す」

「そうなのよね……」

　実際、ＴＯＰＳの結成が司法省、財務省、ＣＩＡ、国防総省の合同作業部会として発表された三日後には、ＮＳＡからチームに派遣されたモルダー大尉の顔写真が、そのプロフィール、スリーサイズとともに、インターネット上で公開されてしまった。

軍は、法律や戦争を使うことなく、個人としてのプライバシー侵害であるという、誰もが反論できないような常識をもって彼らを説《と》き伏せ、その情報を撤回させねばならなかった。

日に千本の電子メールに奇襲された彼女も、今ではどうにか平和に暮らせていた。

部屋の明かりが消えて一時間後、彼らは、護送用のパトカーと応援を呼び、アパートの管理人を叩き起こし、捜査令状を提示して、長い階段を昇り始めた。

「いっそSWAT《スワット》でも呼ぶんだったな。やっこさんのエピソードに箔《はく》が付く」

「冗談ですまなくなるわ。たかが市民運動家一人を逮捕するために、軍隊並みの重武装で挑《いど》むんじゃ」

「ほんとに寝たのかな。あれだけのネットワーク・シチズン《ネチズン》が、部屋を離れる時には必ずモデムを落とすというのも妙な話だ」

「クラックを恐れているのよ。そう雑談のインタビューで答えていたわ。彼、ネットワーカーにはみんなそう勧《すす》めているわよ。パソコンの画面から目を離す時は、電話線は必ず引っこ抜けって」

二人は、ピストルを構えた警官の前で、合い鍵を使ってそっとドアを開けようとしたが、案《あん》の定《じょう》びくともしなかった。ドア・チェーン以外のもので内側から施錠《せじょう》されている様子だった。

スカリー捜査官は、バッテリング・ラムと呼ばれるＳＷＡＴ御用達《ごようたし》の、鉄槌《てっつい》を持参していた警官を呼んだ。

「やってくれ」

モルダー大尉がＳＩＧ《シグ》・ザウエルＰ２２０マグライト付きピストルを構えて、マグライトのスイッチを入れた。

ドーン！　という凄《すさ》まじい音を発してドアが破られる。

スカリー捜査官は、そのまま突入し、奥の部屋のドアに達すると、「やれ！」と警官に怒鳴《どな》った。そのドアも、鉄槌バッテリング・ラムによって破られた。

モルダー大尉がすかさず部屋へ入り、ベッドにライトを当てた。

「動くな」

警官が毛布を払いのけると、セトルズは欠伸《あくび》をしながらこちらを振り返った。

「寝室のドアに鍵を掛けるほど神経質じゃない。ノブを回せばすむものを……」

「ミルトン・セトルズ。マネー・ロンダリング法違反幇助《ほうじょ》で、貴方《あなた》を逮捕します。貴方には……」

セトルズは、上半身を起こしてゆっくりと首を振った。

「お嬢さん、まず身分証明書を見せたまえ。私が何者かを知っているなら、私のアドバイスに従ったほうがいい。でないと後で面倒になる」

モルダー大尉は、部屋のランプを灯《とも》し、NSAのIDカードを見せた。

「ああ、あの有名なモルダー大尉かね」

「ほんの三日間のスターだったわ」

「NSAはいつから逮捕権を持つようになったのかね？」

「執行官は私だ、ミスター」

スカリー捜査官がFBIのIDカードを翳《かざ》す。

「権利を読み上げたほうがいいかな？」

「いや、それには及ばないよ。FBIとは古い付き合いだ。読んだことにしといてやる。スカリーか。先々週、バズをデジタル・テレフォニー法で逮捕した時の捜査官だな。SS《シークレット・サービス》の機嫌をとってFBIにいいことでもあるのかね」

「彼は、SSの局員の顔写真まで公開したんだぞ」

「公開とは言わない。あれは、単に、新聞記者に耳打ちしただけのことだ。ま、俺は相手がFBIでもやらんがね、仁義に反する」

「とにかく、服を着ろ」

セトルズは、ぶよぶよの腹を掻きながらベッドから起きた。

「往年の闘士も、寄る年波には勝てない。サスペンダーを許してもらえるかな？」

「今はいいですが、留置場では取り上げられます。自殺の恐れがあるので」

モルダー大尉が説明した。

「スカリー君、私のパソコンに触らないでくれ。時間の無駄だ。MAD《マッド》な鍵が掛けてある。たとえNSAのスーパーコンピュータをもってしても、解読に百年はかかるだろう。だいたい君たちの目論見は、単なる税金の無駄遣《むだづか》いで終わる。こと私に関する限りは、いつもそうだった」

「それは、法廷が決めることになる。セトルズさん。時代は変わったんです。そりゃ、あんたを取り調べたことを自慢する先輩はいますがね、ことこの問題に関しては、われわれはそんなに浮き浮きしているわけじゃない。ニュースが出回れば、世界じゅうからFBIはクロスファイアを浴《あ》びる羽目《はめ》になる。正直に言えば、憂鬱ですよ」

「同情するよ。それに私も君たちと同様、胸を張って法廷に出る気分でもない。こういう事態は想定していた。もっとうまくやりようがないかと考えもしたがね。まあいいさ。われわれが予期できない事態も起こり得る」

モルダー大尉は、ズボンを穿《は》くセトルズの後ろから、携帯電話を差し出した。

「弁護士に電話しますか？」

セトルズはにんまりと笑って断わった。

「お嬢さん。君がミッキーマウスの人形を抱いて遊んでいたころ、私は州兵や機動隊相手に闘《たたか》っていた。ひょっとしたら、私が連邦政府と闘った人生は、君の人生より長いかも知れない。心配ご無用だ。黙っていても、昼すぎには、一〇〇名を超える弁護士がＦＢＩ支局を取り囲むことになる」

それが冗談でないから困るのだ。

「こういう事件でもなければ、本当はアドバイザーとして、ＴＯＰＳに加わってもらいたいぐらいです」

「この私が政府機関にかね？　僕らの世代には、お上《かみ》と名の付くものには、生理的な嫌悪的があってね。もちろん、われわれが暮らす空間には、ある程度の秩序が必要だ。ああそう、スカリー君、私の通信の自由は確保させてもらえるのだろうね？」

「事件に関係のない手紙のやりとりであれば問題ありません」

「そうじゃない。私が言っているのは、電子メールのことだ。留置場で、私が自分のプライバシーを侵害されることなく、電子メールをやりとりする権利を認めるかと聞いているのだ。きょうび留置場における通信の自由というのは、それを意味する。違うかね？」

「ああ、それはですね……」

スカリー捜査官は、耳の穴をほじくりながら、溜息《ためいき》を漏らした。

「脱獄のプロに、七つ道具を与えてやるようなものだ……」

「サブノートを分解しても、糸のこぎりは入ってないよ。私だって、留置場の環境改善を中から訴えようとは思わない。弁護士との接見時間には限界がある。実のところ、もし君たちが来て、私が逮捕されるようなことがあったら、電子メールの自由アクセス権に関して、訴訟を起こそうかと友人らと話し合っていたところだ」

　セトルズは、今現在、政府を相手取った裁判を五件起こしており、そのいずれのケースもが、彼に有利に展開していた。

「残念ですが、私の一存ではいかなる約束もできません。まあしかし、関係当局と交渉してみますよ。留置場から電話する権利が認められているのに、電子メールのやりとりを禁じるのは馬鹿げている。誤解しないでいただきたいのですが、ミスター。私もダナも、貴方の生き方にシンパシーを感じたことはないが、ことネットワーク観に関しては、貴方の発言から多くを学び、触発を受けた一人です。ＭＡＤの件に関しても、ただ残念と思っているだけです」

「それはどうも。さあ行こう。ところで、ドアの修理はきちんとやってくれよ。ここの管理人はもとより、私の支援者たちは、こういうことに煩《うるさ》いんだ。昼すぎには、君たちが穴を開けたドアの写真が、世界じゅうのホームページの玄関を飾ることになるだろうからな」

「ところで、いちおう尋ねるのが礼儀なのでお尋ねしますが、貴方が所有していらっしゃるパソコンのデータですが、われわれに開示するおつもりはありますか？」

「残念だが、ないね」

「解りました。今のご発言は、たぶん法廷に出ることでしょう」

セトルズは、両脇を警官に挟まれてパトカーに乗り込んだ。警棒でしたたか殴《なぐ》られ、護送用バンに投げ込まれた時代に比べれば、だいぶましになった。

これも、彼ら市民運動家たちの地道な努力の成果だった。

1章　グッドタイムス

海上自衛隊のP－3C対潜哨戒《しょうかい》機が、タッチ&ゴーの訓練のために、ひっきりなしに夕方の滑走路で離着陸を繰り返していた。

そのたびに窓ガラスが微《かす》かに震えた。バレーボールに興《きょう》じるアメリカ人らの叫声《きょうせい》が響いてくる。この暑い島で、どうしてあの連中はわざわざ汗を掻《か》くんだろうとパイロット・スーツ姿の男は思った。

AC－130スペクター・ガンシップの機長を務《つと》める飛鳥亮《あすかりょう》三佐は、エアコンが効《き》いた硫黄島《いおうとう》基地のブリーフィング・ルームで、そう言いながらも、自身、汗びっしょりだった。

マウスを持つ右手が、微妙に震えていた。飛行課程で、初めてスティックを握った時のような感触だった。

マウスが、カチカチと不気味《ぶきみ》で安っぽい音を立てた。イーグルやブルドッグのスティックは、こんな安っぽい音はしない……。

後ろから覗き込む副操縦士の歩巳麗子《あゆみれいこ》が、腰に両手をあてがい、「まったく……」と溜息を漏らした。

「おかしいんじゃないの⁉」

「そりゃこっちの台詞《せりふ》だ。壊《こわ》れてんじゃないのか？　このマウス。音も安っぽいし」

歩巳が「ちょっと貸して」と、後ろからマウスを手に取り、一五インチのモニター画面上でダブル・クリックを試《こころ》みた。

するとインターネット・エクスプローラーが起動した。地球儀を模したイラストのインターネット・エクスプローラーが起動した。


彼女は、素早くそれを閉じて、再び命令を下《くだ》した。

「壊れてなんかいないわ。もう一度やりなさい」

飛鳥の震える右手は、まともにダブル・クリックすることができなかった。

「妙な話よね……。イーグルのあの複雑な操縦桿《そうじゅうかん》を使いこなして、一メートルの誤差でハーキュリーズから戦車砲を撃《う》ってみせる人が、たかがダブル・クリックすらできないんだから」

飛鳥は不機嫌な顔でマウスを放り出した。

「なあ、歩巳さんよ。正直に言うが俺は傷ついている。一度はイーグル・ドライバーとして部内の尊敬も得て、四〇歳も近い。本当なら、飛行隊の一つも任されていておかしくない俺が、どうしてたかがパソコンの操作ごときでガミガミ言われなきゃならない？　俺に必要なのは、ハーキュリーズを飛ばす技術であって、この画面でイラストをクリックして遊ぶことじゃない。そんなオタクみたいな遊びを覚えてどうするんだ？　俺はインターネットでエロ画像を観《み》たいとも思わないし、この箱の中でゴルフの真似事《まねごと》をしたいとも思わない」

「進歩を拒否する人間に、文明人の資格はなくてよ。こんなの序の口なんだから。この後にまだ実行ファイルとドキュメント・ファイルの区別だとか、フォルダの辿《たど》り方もマスターしてもらうんですから」

「おかしいじゃないか⁉　何でもかんでも日本語化してみせた日本人が、どうしてマウスだのフォルダだのの、英語の意味を理解しなきゃならない？」

「あら、パイロットにしては意外な台詞じゃない。貴方、ラダーだのギアだのの言葉に違和感を持つ？　そういうことよ。デファクト・スタンダードっていうのは、そういう意味なんですから。とにかく、もう一度。貴方の飛行データはすべてロータスの1《ワン》－2《ツー》－3《スリー》で管理されています。使い方を覚えなさい。ネットワークは世界を変えるのよ。その意味を知らずして人生を過ごすなんて馬鹿げているわ」

「俺にはバーボンと操縦桿さえあればいい。こんなオモチャを扱えなくても、悲しくはない」

「われわれはＴＯＰＳの協議会に、この極東エリアを代表して加わることになります。パイロットがインターネットのひとつも触れないいんじゃ困ります」

「ＴＯＰＳねぇ……。何の略だったっけ」

「チーム・オブ・ピースメイカー・イン・スペース。スペースは、本当はサイバースペースなんだけど、Cじゃ語呂《ごろ》が悪いからSにしたのよ」

「そんなのアメリカだけでやってりゃいいじゃないか？　日本のサイバー犯罪なんて、せいぜい他人のIDを売って歩く程度だろう。そんなお前、どこかの中流家庭の高校生がやっているようなところにブルドッグで乗り込んで一〇五ミリ砲を叩き込むかよ。大げさなんだよ、アメリカ人ってのは。戦車や戦闘機を持ち出してパソコンぶっ壊してみても、新聞に笑われるだけじゃないか？」

「サイバー・テロリズムに対しては、いかに素早く敵を発見して壊滅するかなのよ。ニワトリを牛刀で裂《さ》くからと言って、笑えないわ。さ、それはいいから、もう一度ダブル・クリックの練習よ」

「やれやれ、みんな釣りに出ているってのによ……」

　残りのクルーは、ほとんどがパソコンを扱えたため、この特別講座に出なくてすんだ。みんな竿《さお》を持って、孤島での大物釣りに出かけていた。

　彼らが乗るスペクター攻撃機は、ハーキュリーズJ型を使用している。

　その特徴あるノーズ形状から、彼らはブルドッグと呼んでいた。一〇五ミリ戦車砲やバルカンを、横一列に並べてジャングルを切り開く。スペクター攻撃機は、そういう特殊任務のために開発された。

日本のブルドッグは、外務省領事作戦部〈F2〉の指揮下にあり、副操縦士の歩巳麗子は、自衛官ではなく、財務省の税関畑のキャリア官僚だった。もともと、ブルドッグ・チームは、対麻薬テロリズム用に結成された。外務省の指揮下にあり、財務省の役人が乗っているのは、そのためだった。訓練はもっぱら硫黄島周辺で。そこから出撃するのも珍《めずら》しくはなかった。

陸上自衛隊調査部別室に所属する須米等木《すめらぎ》章《あきら》二等陸曹は、東芝《とうしば》のサブノート・パソコンのリブレットを左手に抱えながら、外務省新庁舎の窓のない奥まった部屋にある領事作戦部のドアをノックした。

部屋の向こうにいた白髪の男は、机の下で腰を屈《かが》めて何かを探しているようだった。

「須米等木章二等陸曹、命令により出頭しました」

「あご苦労……。ちょっと待ってくれ。カッターが転《ころ》がってね……」

部屋のファイル・キャビネットには、麻薬関係のファイルが雑然と突っ込んであった。そのうちの何件かは、彼も読んだことのあるレポートだった。

秘書も誰もいない。八畳ほどの殺風景《さっぷうけい》な部屋だった。

「意外と狭いんですね」

「ああ、いざという時は、オペレーション・ルームを占領するんでね、ここはもっぱら資料置き場みたいなものだ。珍しい経歴だね？」

外務省審議官にして領事作戦部の指揮官である鳴海弘《なるみひろし》は、腰を上げながら喋《しゃべ》った。

「皆さんにそう言われますよ」

「何か理由でもあるのかね？　君のキャリアなら、外務省のキャリア外交官としても通用するのに」

「ええ、みんなから学歴をドブに捨てたと言われますが、学歴を頼りにするような仕事に就《つ》くのが厭《いや》だったんです。この階級には満足しているし、今の仕事も楽しくやっています」

「珍しい名だ。すめらぎ……、だっけ？」

「ええ、何しろ名字だけで四文字もあるので、名前は一文字で片付けられました。うちの家系はみんなそうだそうです」

須米等木は、背筋をピンと伸ばして答えた。短髪、よく陽《ひ》焼けしていたが、それはテニスにのめり込んでいるせいだった。

好青年という形容がぴったりだなと鳴海は思った。

「掛けてくれ。すまないがソファはない」

部屋の中央に、テーブルと、それを囲むようにパイプ椅子《いす》が並べてあるだけだった。

「秘書とかいらっしゃらないんですか？」

「いや、僕がいない時には、よそから応援を貰《もら》う。部下はいない。その……、あまりそういうのが好きじゃないんだ」

人を動かすのが好きではなかった。というより、彼は家族を失ってから、孤独癖《へき》が進行するようになった。

鳴海は、電気ポットのスイッチを入れ、コーヒーを沸《わ》かし直した。

「私が出した注文は単純でね、コンピュータとネットワークに一番詳しい人間を遣《よこ》してくれと。言うまでもなく、君を出すことに関しては、陸幕《りくばく》とひと悶着《もんちゃく》あった。実は君を指名したんだ。あるところで、自衛隊にとんでもないハッカーがいると聞いてね」

「光栄です。ま、仕事は私にとって何でも一緒ですから」

須米等木はパイプ椅子に坐り、リブレットをテーブル上に載せた。

「例の装備は今日じゅうに届くそうだ。もういい時間なんだがな……」

「凄《すご》いですね、あんな高価なものをぱっと調達できるなんて」

「ま、その程度の予算ならなんとかするさ。システム構築を含めて君に全部任せるよ。ところで、飛行機は大丈夫だろうね。われわれのオモチャは、ちょっと特殊だ。戦闘機じゃないが、戦闘機並みの高機動を行なう。私は、あまり乗りたいとは思わない」

「大丈夫でしょう。ひととおりの訓練は受けて来ましたから」

「うん。さっそくだが、TOPSからイエロー・シグナルが届いている。聞いているかね？」

「ええ、グッドタイムス・ウイルスの件ですね。先週あたりから私も気付きました。大手のパソコン通信に、そのウイルスの警告メールがポツポツ出始めました。経済産業省や総務省との担当部局とも連絡を取り合って、警戒していたところです。今回の騒動は、かなり規模が大きいようです。履歴を辿る必要があるかも知れません」

「その……」

鳴海は、コーヒーを注《つ》ぎながら、一瞬眉を顰《ひそ》めた。

「僕の歳《とし》になると、新しい技術をマスターするのもひと苦労でね。努力はしているし、キーボードもひととおりは叩けるつもりなんだが、何なんだね？　そのグッドタイムス・ウイルスというのは？」

「一言《ひとこと》で言えば、電子メールを利用した不幸の手紙です。ちょっとよろしいですか？」

須米等木は、鳴海の卓上にあるデスクトップ・パソコンのフロッピー・ディスク・ソケットに、ブリーフケースから取り出したフロッピーを一枚突っ込み、メモ帳を開いてそのドキュメントを読み込んだ。

「形状はこのように、ごく普通の電子メールです。グッドタイムスというタイトルが付けられた電子メールは読むな。それを読んだ瞬間にウイルスに感染する恐れがある。

この危険を少しでも多くの人間に教えてくれ……。というのが手口です。始めた人間は、ある種の愉快犯でしょう。実際には、開いただけで感染するウイルスというのはありません。ま、このあたりのことは、読む側の間抜けな設定次第《しだい》で、可能だという意見もありますが。春夏秋冬ごとに、つまり年最低四回は、このグッドタイムスを巡《めぐ》って騒動が起きます。まるで思い出したように。インターネット人口が倍々ゲームで増えているせいで、つい昨日ネットワークを始めた人間は必ず引っ掛かります」

「それの何が問題なんだね？　たとえば不幸の手紙というのは、受け取った人間が不愉快だというだけだろう？」

「電子メールと紙の手紙には、決定的な相違点があります。紙の手紙は、発送する側が、切手代を払います。つまり、発信者が必ずコストを支払うんです。でも電子メールは違います。たとえば、僕が一〇〇〇通の葉書を出すとしたら、葉書代として六万二千円が必要ですが、電子メールで一〇〇〇通の手紙を発送するには、ネットワーク代、電話代の、せいぜい二、三〇円ですみます。その一〇〇〇通の手紙をより分け、回送して届けるコストは、インターネットに参加しているプロバイダや研究機関が払うことになり、しかも読まされる側は、さらに電話代とネットワーク代金を支払わされる。つまり、電子メールだと、善意の第三者がそのコストを支払わされることになるんです。しかも、これでフレームが発生します。フレームという言葉には、いろんな意味がありますが、このごろは、回線の渋滞とかいう意味で使われます。郵便局は、年末年始はアルバイトを雇《やと》えますが、プロバイダはそういうわけにはいかない。限られた回線量でそれを捌《さば》かなければならないんです。すでに昨夜二度、このグッドタイムス・メールが原因と思われるフレームの負荷《ふか》で、大手のプロバイダのメール・サーバがダウンしました。ほかの数万本のメールがパーです。言ってみれば、どこかの中央郵便局に届けられた手紙が、一瞬にして消えたり、見ず知らずの相手に届けられたりするようなものです。プロバイダのほとんどはそんなに体力も技術もないですから、そういう負荷を掛けられると、そこに滞留しているメール自体を喪失しかねない。もちろん、メールだけでなく、インターネットを利用したすべての回線スピードの足を引っ張りますから、全員が何らかの形で被害を被《こうむ》ります」

「これは偶然なのかね？」

「アメリカの状況が心配ですね。あそこはベースの回線が太いですから、日本よりダメージは小さいですが、今回は、好んでばらまいている連中がいるかも知れない。素人《アマチュア》が集《つど》うようなメール・グループを直撃すれば、あっという間に広がりますから。ＴＯＰＳが警告したのは、そのあたりに何か嗅《か》ぎ付けたからでしょう。日本でも警戒が必要です。経済産業省や総務省と、どういう形で、いつごろ警告を出すかの話し合いを進めましょう」

「両方と話をする必要がある?」

　鳴海が渋い顔で言った。

「ええ、大丈夫です。先方は課長補佐クラスですが、こちらは兵隊として機嫌を取るだけですむので。いざという時は、こちらへ出向いてもらえると思います。総務、経済産業、どっちで協議するかとなったら角《かど》が立ちますから、外務省が部屋を提供するということで。まあ、だいたいはメールで事足りますが」

「まあ、そういう雑用が僕の仕事だからね。ブルドッグの話に返るが、連中の出番があると思うかね?」

「ああ、TOPSが、実戦部隊の提供を日本に求めたのは簡単な理由でして、彼らは北朝鮮《きたちょうせん》からのサイバー・テロリズムを恐れているんですよ。何しろ、元手《もとで》が要《い》りません。電話線一本と優秀なクラッカー一人誘拐してくれれば、それで世界を破滅へ追い込めます。その影響は、化学兵器や核爆弾の比じゃない」

「本当に?」

「ええ。今、企業はクローズド・ネットワークだった社内LANのシステムを、続々と開放型のイントラ・ネットに変更しつつあります。このほうが安上がりで便利ですから。ところが、このシステムは、インターネットの延長線上にありますから、セキュリティが弱いんです。ファイアウォールとかで鍵を掛けられますが、クラッカーの手に掛かれば、ほとんど無意味です。社員の給料明細から新製品の開発情報まで筒抜け。銀行のプログラムを破壊されたら、金融システムはその瞬間に崩壊します。もし、こちらの防御手段が効果を発揮しなければ、戦闘機を飛ばして回線を破壊するしかない。彼らは、日本にも応分の危険を負担するよう求めているんです」

「解った。そのあたりの話をおいおい聞かせてくれ。とにかく、勉強しないとな……」

須米等木は、その一時間後に届いたＩＢＭのシンクパッド５６０の箱一五ケースを片《かた》っ端《ぱし》から開け始めて、徹夜での環境整備に入った。

定価は一台あたり五〇万円近い。外車を買えるだけの予算がポンと出るから公務員は辞《や》められない、と須米等木は思った。

ＴＯＰＳを率《ひき》いるのは、ＮＳＡでもなければ、ＦＢＩでもなかった。それは財務省のＳＳ、シークレット・サービスのデビッド・アッカーマン副長官だった。

ＴＯＰＳがＳＳの指揮下に置かれたことには、いくつかの理由があった。

まず、国防総省の新たな利権との批判をかわすためだった。財務省が、クラッカー連中によるマーケット破壊に危機感を抱《いだ》いていたことも幸いし、話は簡単に纏《まと》まった。

アッカーマンは、野心もほどほどの人間だった。副大統領がネットワークにとりわけ興味を抱いていることに関しては、歓迎していたが、とくに取り入ろうという態度も見せなかった。

　各省から集まった現場の兵隊たちにとっては、まま理想的な上司と言えた。

　その本部は、ワシントンＤＣではなく、クラッカーが屯《たむろ》するニューヨークのど真ん中の、ある政府ビルの中にあった。

　連邦政府ビルへのテロ攻撃が相次《あいつ》いでいるせいで、表面上、そのビルの所在は極秘扱いになっていたが、インターネット上には、もちろん電話番号まで暴露されていた。

　アッカーマン局長は、会議室のついたての向こうにかいま見える一〇台余りのモニターを一瞥《いちべつ》すると、頬のあたりを掻き、部屋の五〇インチ・スクリーンに大映しされるサイトの情報を眺《なが》めた。

　どこを覗いてもセトルズ逮捕のニュースで持ちきりだった。

「インターネットというのは、自由な発言を保証するメディアのはずなのに、われわれの行動を支持する発言なんかどこにも見あたらないじゃないか。ちと納得がいかんのだがね……」

「ハードディスク、ＭＯ《エムオー》、ＺＩＰ《ジップ》、すべてのメディアに、ＭＡＤな暗号が掛かっていました。これの解読を試みるのは、税金の無駄遣いだと思われます」

　ＦＢＩのスカリー捜査官が報告した。

「予審審問は、数日中に行なわれるはずですが、ニューヨーク市検察が難色を示してまして、まだ日程が決まりません」

「なぜ？」

「誰も被《かぶ》りたくないんですよ。次の検事選の時に、相手候補から、あのセトルズを起訴した保守派検事だなんて攻撃されたくはないですからね」

「そのために、根回ししたじゃないか？」

「はあ、これほど影響が大きいとは、彼らも予想外だったようで……」

「まあいい。その件は君に任《まか》すよ。グッドタイムス・ウイルスを早急に片付けなければならない」

モルダー大尉は、画面を切り替え、ＪＡＶＡスクリプトで書かれたグラフを表示させた。

「過去一週間の、全米の回線の渋滞状況です。三日前から不自然な上昇を示しており、この八割がたが、グッドタイムスによるフレームであるものと思われます」

「深刻なのか？」

「深刻化する前に、沈静化する必要があります。回線が細いヨーロッパやアジアでは、すでにサーバのダウン・トラブルが発生しており、その影響は、アメリカにも届いております。ＴＯＰＳへの協力を仰《あお》いでいる各国の政府機関に、昨夜警告を発しました。

とくに日本での影響が心配されます」

「なぜ？」

「インターネット・ユーザーが多いのに、回線が細いままです。日本のハイウェイが崩壊したら、その影響をわれわれはもろに受けます」

「その……、連中は頼りになるのかね？」

「外務省の領事作戦部が指揮を執《と》っています」

　スカリー捜査官が答えました。

「代表のミスター・ナルミは、アメリカ赴任中、麻薬抗争に巻き込まれて妻子を失いました。麻薬戦争では、何度も協力を仰《あお》ぎ、きちっと成果を出してます。問題ないと思います」

「解った。公式ルートでせっついてくれ。まずは、マスコミで警告かな？」

「はい。せっかくですから、副大統領に記者会見でもお願いしましょう」

「連中は、倍のエネルギーを投じて反撃してくるぞ」

「まだ、マーフィ・グループの仕業《しわざ》だと証拠が出たわけではありません」

「突き止めろ」

「不可能です」

「〝ラトウィックの猫〟で辿り着けるはずだ」

モルダー大尉は、一瞬眉を顰めて、スカリー捜査官に小さく首を振った。

「われわれはラトウィックの正体を知りませんし、そのプログラムの仕組みに関しては、見当もつきません」

「あれはある種のハッキング・マクロだというのが、NSAのネットワーク・スペシャリストの見解です」

モルダーが答えた。

「NSAは解読したのかね？」

「いえ、走っているところを目撃したことはあるみたいですが……」

「ラトウィックが何者か知っている男がいる」

モルダー大尉は、半《なか》ば呆《あき》れたように笑みをこぼした。

「よしてください。局長……。今朝の出来事ですよ」

「彼には、通信の自由が与えられたのかね？」

「いいえ、関係するすべての機関が猛烈に反対しています。そんなことを許したら、麻薬密売人を逮捕しても、電子メール一本で証拠隠滅《いんめつ》を図《はか》られると」

「こういう事態だ。ある種の司法取引ということにすればいい」

「それは、起訴の時点で検事が判断すべきことで――」

「命令だ。モルダー大尉。彼も、マーフィ・グループに関しては苦々《にがにが》しく思っているはずだ。奴のサブノートと携帯電話を持参して、ご機嫌をとって来い。われわれは、早急にラトウィックの協力を必要としていると」

「命令とあれば。しかし期待はしないでください」

「結果を出せ。役人は努力しましたですむが、軍人に求められるのは結果だ。奴らを叩きのめせば、世間の評価も変わる」

「はあ……」

モルダー大尉は、オペレーション・ルームの中央のテーブルに積まれた押収品の中から、トーシバのダイナブックと携帯電話、モデムを取り出し、地下駐車場でシボレーのカマロに乗り込んだ。

のっけから憂鬱な一日だったが、まだ酷《ひど》くなりそうで、日付が変わるのが待ち遠しかった。


大尉のシボレーは、セトルズ解放を訴える市民団体の輪をくぐり抜け、FBI支局の地下駐車場へと入った。

仮留置場は、市警察のそれに比べればまだましなほうだったが、それでも、ホテル並みというわけにはいかなかった。

セトルズは、ベッドに坐って手紙を認《したた》めていた。

「やあ、モルダー大尉。アッカーマンから鍵を貰って来いとせっつかれたかい？」

「いえ、別件でして。ゆっくりお話を伺《うかが》いたいのですが。取り調べではありません」

「入って来ればいい。市警察の留置場よりはましだ。私がなぜニューヨークじゃなくロングアイランドに住んだかというとだな、向こうのブタ箱のほうが、ニューヨークのそれよりましに思えたからだ」

「出てもらえませんか？　ここではどうも……」

「コーヒを一杯くれ、そしたらどこへでも行く」

セトルズは、百戦錬磨の闘士の余裕でもって応じた。

二人は、擦《す》りガラスのある取調室に入り、コーヒーが届くまで雑談に興じた。

「あのガラスの向こうには誰かいるのかい？」

「いえ、たぶんいないでしょう。最初にお約束しますが、貴方の拘留事由に関する話は一切《いっさい》しません。私は何の法的権限も持たないので。弁護士と連絡はつきましたか？」

「さっき電話が掛かって来た。心配するなと話しておいたよ」

まずは軽いジャブの応酬という雰囲気だった。

モルダー大尉は、ブリーフケースから、セトルズの小道具をひととおり取り出してテーブルに置いた。

「ダイナブックは、何度か起動を試みたようですが、パスワードの挿入画面で失敗したようです。フロッピー起動でも駄目でした。ですから、何も触《さわ》っていません。ＡＣアダプターも持って来ました。携帯電話、セルラーカードも」

「私の部屋のコンクリート壁では、携帯電話は無理だな」

「関係機関は皆、貴方に七つ道具を渡すことに猛反対しています。これは、それらの機関に所属しない私の、個人的な越権行為ということになります」

「見返りは何だね」

モルダー大尉は、コーヒーの紙コップが届けられるまでの一分間あまり、その話題をはぐらかした。その程度やきもきさせてもいいだろうと思ったが、これは逆効果だった。

セトルズは、コーヒーを唇に運びながら、「君は解っちゃいない」と呟いた。

「大尉、私と駆け引きするには十年早いよ。もったいぶった仕草《しぐさ》なんぞして。これを持って帰りたまえ。私は市民運動家であって、ハード・マニアじゃない。べつに一週間か、あるいは半年ぐらいネットワークに触ることができなくても辛《つら》くはないのだ」

セトルズは、紙コップを置いて立ち上がった。

「われわれは貴方の助けを必要としています」

モルダー大尉は、失敗したという後悔を、はっきりと顔に出して引き留めた。こういう人間の扱いは苦手《にがて》だ。本来なら、スカリーの領分だ。

「驚いたね。ＣＩＡより多額の予算と人員を使っているＮＳＡが、一介《いっかい》の運動家に助けを求めたいというのかね？」

「ええ、グッドタイムス・ウイルスの件です」

「ほう？　たかがチェーン・メールごときで？」

セトルズは、ようやく椅子に腰を下ろし、再びカップを手に持った。

「かなり規模が大きいんです」

「ああ、それには同感する。私のところにも、ここ数日山のように善意のネットワーカーから警告メールが届いていた」

「これまでの数倍の規模で、世界じゅうで蔓延《まんえん》しています。われわれが調べた限りでは、四〇カ国ぐらいの言語に訳されて、すでにサーバのダウンまで招いています。われわれは、マーフィ・グループの策謀ではないかと考えています」

「マーフィ⁉　なら、心配はいらん。奴らはささやかな悪戯《いたずら》で、システムのセキュリティ・ホールを発見してくれる。やっかいな奴らだが、悪意はない」

「それは貴方の判断ですね」

「第一、私はマーフィ・グループは知らんよ。メール一本やりとりしたことはない」

そこまで言って、セトルズははたと気付いた。

「ラトウィック・キャットを走らせろと……？」

「あの猫を借りて来いというのが、アッカーマン局長の命令でして」

「そりゃ彼も無茶を言うな。私だってこのごろ、奴とは疎遠《そえん》なんだ。彼の体制嫌いは筋金《すじがね》入りだぞ」

「貴方なら連絡がとれるし、協力も得られると」

「それはどうかな。連絡まではとれるがね。たぶん無理だろう。知ってのとおり、〝ラトウィックの猫〟は、ある種のハッキング・マクロだ。走らせること自体が違法だし、もしNSAなんかにそんなものを入手されたら、われわれの通信の秘密はいっぺんになくなる」

「そのためのMAD暗号でしょう？」

「履歴を辿られるだけで危険な場合もある。君は私のファンと食事を一緒にしたいと思うかね？　もし昨夜私にメールを遺した一人を辿って行ったら、ホワイトハウスの住人だったなんてことが解ったら気が滅入るだろう」

「使用に関しては、そちらの条件を受け入れる用意があります。われわれは彼の協力を必要としているだけです」

「申《もう》し訳《わけ》ないが、私はこの件では何も協力できない。君たちが認識しているほど危険だとはとうてい思えないし、これまでラトウィックに何かを強制したこともない。われわれはそういう付き合いで来たのだ。だが、メール一本ぐらいなら送っておこう。

その程度のことは市民の務めだ」

セトルズは、その場で、自分の携帯電話のスイッチを入れ、その部屋に電波が届いていることを確認した。

「よろしい大尉。君はもう帰りたまえ。もう二〇分、この部屋に誰も入って来ないことを望む。メールを書くのでね。ところで私がよけいなメールやＦＡＸを送ったからといって、後で文句は言わないだろうね」

「ええ、この部屋でのことは、いかなる記録にも残りません。タイムスタンプがある電子メールがどこに残されようとも、われわれは関知しません」

「けっこう――」

モルダー大尉が帰ると、セトルズは、擦りガラスから画面や手元が見えないように坐り直し、ダイナブックを、自作のＭＡＤ暗号を入力して起動し、メールを数本書いた。弁護士宛、支援者宛、そしてラトウィック宛に。

ラトウィック宛の電子メールには、こう書き添《そ》えた。

本件は、真剣に検討する必要を感じる。これは終わりの始まりかも知れない――。

2章　フレーム

須米等木《すめらぎ》が部屋に籠《こ》もってCNNを見ながら最後のマシンにOSを突っ込んでいるころ、ブルドッグ・チームは、朝飯を終えて午前の訓練を始めようとしていた。

付近に第七艦隊の空母が展開しているらしく、派手なノーズアートを施《ほどこ》したF－14トム・キャット戦闘機がタッチ&ゴーの訓練に飛んで来ていた。

まだ八時を回ったところだった。

モーニング・レポートの気象報告が終わると、昼すぎまで飛行中止が言い渡された。

米軍が来る時は、自衛隊は譲る。それが突然のことであってもやむを得なかった。

歩巳は朝から苛《いら》ついた顔だった。パソコンを抱えて電話線に繋《つな》いでいたが、ついには電話線を放り出し、直接どこかに電話を掛けてぶつぶつ文句を言っていた。

「間島《まじま》さん！　そっち繋がってる？」

センサー・オペレーターを兼ねる通信士の間島純《じゅん》一曹が、両手を上げて首を振った。

彼は、飛行管理のパソコンを使い、毎日ネットにアクセスしていた。

日本はもとより、海外のネットワークにアクセスして、麻薬関係のトピックスを拾うのが日課だった。

「えっとですね。まずパソコン通信はオーケーです。プロバイダは駄目ですね。部隊で法人契約しているプロバイダ三軒のうち二軒が駄目です。防衛省のインターネット回線も負荷が掛かっていて遅いです。パソコン通信の該当フォーラムを覗《のぞ》くと、やはりサーバ・ダウンの報告が多いです。比較的大手が殺《や》られているみたいです。財務省の部内回線は駄目なんですか？」

「うちの回線なんか防衛省のそれに比《くら》べれば、高層ビルの水道管と子供の水鉄砲みたいなものよ。回線なんて言うのもおこがましいわ。財務省自体は問題ないらしいんだけど、総務省が抱えている上流回線のサーバが何台か落ちているみたい。やだわ、アメリカから訪れるミッションのメールが届いているはずなのに……」

「まあ、昔なら億の予算を出して、システム管理者を雇《やと》って築いていたシステムを、ほんの数十万のルーターを買ってすませているんですからね」

「それじゃ困るのよ……」

無関心に背中を向けている飛鳥に向かってまで、歩巳は当たり始めた。

「少しは興味を示しなさいよ⁉」

「ああ、すまないが、俺は二一世紀には死に絶える化石人間なんでね。役にも立たんシステムの話をされても困るよ」

飛鳥は、アビエーション・ウィークを読みながら、背中を向けたまま答えた。

「いいこと、これはもう私たちの仕事なのよ！　あの世の話でもなければ、サイバーなオタク連中の話でもないの」

「あ、そう」

まったく興味なげに答えると、歩巳はますます逆上して雑誌を取り上げた。

「あなたねぇ――」

「おい、どうしろってんだよ？　俺の仕事は、あの数十トンの空飛ぶ化け物を飛ばして、砲弾を敵の陣地に叩き込み、兵隊を銃弾で八つ裂きにすることだ。ガンシップで電話線工事はできないよ。包丁で盲腸手術をしろってのとは訳《わけ》が違う。お前さんが求めていることは、熱したアイロンを外科医に渡して、誰かさんの風邪《かぜ》を治せって言っているようなものだぜ？　ナンセンスだってことに気づけよ」

「いいえ、それがナンセンスじゃない時代がすぐそこまで来ているんです。米軍の訓練が終わるまで、みっちりとダブル・クリックの訓練をしてもらいますからね」

「ああそうかい。そういう時代になったら、俺は隠居して電話線のないところに引っ込むよ」

歩巳は、憤然とした顔で電話に取り付き、外務省の領事作戦部《F2》へとダイヤル式の電話を掛けた。

「とにかく、総務省でも経済産業でもいいから早めに手を打たせないと、これ以上被害が拡大したら、日本経済の足を引っ張りかねないわ」

「やだねぇ、役人ってのは、すぐ権限を振り回したがるから……」

歩巳が反撃しようと口を開いた時に、相手が出た。

「おはようございます。歩巳ですが……」

「ああ、財務省の？　こちらは須米等木二等陸曹であります。鳴海審議官は、昨夜どこかの大使館のパーティーがあったようでして、今日はもう三〇分ほど後に登庁なさると先ほどお電話をもらいました」

「須米等木さん……？　ああ、あの今度配属になった。話が早くていいわ。財務省の回線がダウンしているの、知ってる？」

「ええ、財務だけでなく、ほかの官庁も駄目みたいですね。無事なのは防衛省と、面子《メンツ》がある経済産業、総務だけです。厚生労働省あたりは、医療情報を交換するためのネットワークが落ちて、昨夜からパニック状態ですよ」

「原因は何なの？」

「グッドタイムス・メールによる回線渋滞《フレーム》の増大です。今朝一番で、総務省と経済産業が別々に記者会見を開いて、利用者に警戒を促《うなが》して沈静化を図《はか》ることになりました。まあ、あと一日、二日の辛抱《しんぼう》でしょう。これで騒ぎになれば、半年かそこいらは静かに過ごせますよ」

「解りました。引き続き注意してください」

「例のブツは昨夜届きました。今朝までかかってそのセットアップです。機長が不自由なさっていると聞きましたが？」

「離島での地獄の特訓中よ。せめて壊さない程度の技術は身に着《つ》けさせて帰ります。ではそういうことで――」

受話器を置くと、飛鳥はいつの間にか消え失《う》せていた。

歩巳は腰に両手をあてがい、ふっと息を漏らした。この絶海の孤島、どこへ逃げようが、すぐとっ捕まえてみせるわ……。


モルダー大尉は、ＴＯＰＳのオペレーション・センターへと帰り、各インターネット回線のフローを示すグラフの上がり下がりを、モニター上でチェックしていた。ラトウィックからいつメールが届いても行動できるよう、自分のメール・アドレスは、五分おきに覗きに行くようセットした。

夕方に入り、町の渋滞が始まるにつれ、東海岸一帯へ張り巡らされた回線の負荷も、徐々に上がっていった。

アッカーマン局長は、奥方を連れての観劇の予定があるそうで、早々とオフィスを後にしていた。

彼が、わざとプライベートな予定を入れた理由は、彼女には何となく解った。TOPSが結成されて以来、初めての大規模なネットワーク・トラブルが発生していた。ここに招集された各省のスタッフの中には、自分も記者会見の場にいるべきかという話をしている者もいた。

FBIのスカリー捜査官も、そんな一人だった。

スカリーは、まるで証券会社のトレード・ルームを思わせるような、ネットワーク機器に囲まれた部屋で、いそいそとネクタイを締め、二時間おきに髭《ひげ》を剃《そ》っていた。

モルダー大尉の後ろで、スカリーは椅子をリクライニングにし、何かのCD－ROMの表面を手鏡代わりにして、髭が伸びてないかチェックした。

「初めて記者会見の席に出た時さ、昔の恋人がそれテレビで観てててね、一言《ひとこと》言われたんだ。せめて髭ぐらい剃ってくれって」

「落ち着いたら？　少なくとも、もう今日はないわ」

「TOPSの公式ホームページには、さっさと記者会見でもして、事態の沈静化を図れっていうメールが数千本寄せられている。いつまでも無視はできないよ。ま、それを上回る数で、セトルズ逮捕への抗議メールが届いているけれどね」

「きちんとインフォメーションしているじゃないの。心配な人間は、CNNじゃなく、まずTOPSのホームページに来ればいいんだから」

TOPSは、国民向けのホームページを公開しており、そこではTOPS発足当初から、〝グッドタイムス・ウイルスの嘘〟と題したページをはじめとし、最新のウイルス情報や、ハッキング防止などのノウハウに関して、啓蒙《けいもう》活動を行なっていた。

今、グッドタイムス・メールに関する情報は、そのトップ画面に表示されていた。

「貴方、盗聴任務についたことは？」

「ああ、もちろん。思い出したくもないね。君たちみたいに、パラボラ・アンテナを使って近代科学の恩恵を受けてというわけにもいかない。ゴキブリがはいずり回るトイレの一室をクローズして、二週間籠もったことがあったよ。明かりがないんでペーパーバックを読むわけにもいかない。ウォークマンでも聴きたいところだが、盗聴任務じゃそういうわけにもいかない。ひまわりの種《たね》を数えながら食べて、時間を潰《つぶ》すしかなかった」

「私たちの任務は、そうやって単調で退屈な時間を過ごして終わるのよ。記者会見なんて派手なことは、避けるに越したことはないわ。とりわけサイバーワールドの住人は、誰かに何かを注意されるのが大嫌いなんですから。つい今朝がた、セトルズを逮捕したばかりのTOPSの局長が、その記者会見は逃げまくっておいて、グッドタイムスで点数を稼《かせ》ごうとしたって、彼らは許さないわよ。政府に手取り足取りしてもらわなくても、自分たちは、電話の掛け方もエチケットも知っていると、噛みつかれるのがオチよ」

「ほら⁉　もうレッド・ゾーンへ入った」

壁際《ぎわ》のモニターの一つのグラフが、赤くなって点滅し始めた。

モルダー大尉は、素早くキーボードを操作して、自分のテーブル上の薄型プラズマ・ディスプレイに、それを映し出した。

「何なの⁉　これ」

「フレームだろう？」

「グッドタイムスのフレームでは、ここまでいかないはずよ……。おかしいわ」

「モルダー大尉⁉　ラトウィックが現われたぞ。広報宛《あて》にメールが届いている」

一〇メートルは離れた場所で、ＴＯＰＳ宛の市民からのジャンク・メールを担当する人間から声が上がった。

ラトウィックなら、きっとモルダー大尉に直接ではなく、こういう方法でアクセスして来るだろうと思っていた。

ラトウィックは、彼宛に届いたセトルズからのメールが、本物かどうか自信がなかったのだ。だから、モルダー宛に直接メールや電話を使わずに、堂々と表玄関を訪ねて、モルダーの存在と意思を確認した。

その手紙は、簡潔にして要を得ていた。

モルダー大尉が最後にセトルズを訪問した時、彼は何をしていたかを問うたもので、三〇分以内に返事を遣せとあった。

「三〇分で届くと思う？」

モルダー大尉は、キーボードを叩きながら言った。

「タイムスタンプは……？　一五分前か」

「今なら二〇分はかかるわ。こちらのタイムスタンプが届いていてくれるといいけれど」

メールによっては、相手のサーバにメールが到着した時点で、到着したというメールを自動的に返すことができた。

モルダー大尉は「セトルズはベッドに坐り、手紙を、紙の上で書いていた」と認《したた》めて、彼女の個人ＩＤで即刻返信した。

「われわれの申し出を受け入れてくれるということかしら……」

「解らないな。彼のことだから、自分でマクロを走らせて、一時的な障害だと判断すれば、あとはこっちに、心配ない、じきに収まるというメールを送って、それですませるんじゃないのか。本当にそれですんでくれれば、まあよしとするさ。記者会見がないのは、残念ではあるけれどね」

どこかからピザの臭いが漂《ただよ》ってくる。今夜は帰れないと覚悟したスタッフ連中が、めいめい出前《テイクアウト》を頼んでいる様子だった。

ＴＯＰＳが結成されてから、夜勤シフトは軍隊同様に巡ってきたが、スタッフ総がかりで徹夜態勢を採《と》るのは初めてだった。軍隊式の三直態勢の導入を検討しておけばよかったなと、モルダーは思った。

「このＩＤ、若いね……」

スカリーが、送られて来たラトウィックのメールのアドレスを見て言った。

モルダーは、すっかりその存在に注意を払うのを忘れていた。

世界最大のパソコン通信会社、アメリカン・オンラインのＩＤだった。

「どうする？　調べるかい？」

「どうせハッキングしたＩＤか何かよ。それに、今は仁義に反するわ。片付いたら考えましょう。彼の存在は、私たちにとって脅威になる恐れもありますから」

ラトウィックからの返事は、二五分後に届いた。

「なんと⁉　こっちからのメールは到着まで二二分かかっているのに、彼のメールは二分で届いているぞ」

「しかも別ＩＤだわ。これ、どこかのアドレス管理サイトの上級組織のアドレスじゃない」

「ますます凄い奴だな」

メールは、モルダーに、あるホテルのレストランに、一人で現われるよう求めていた。

「どういうつもりかな……。何かの罠《わな》かも知れない。サルベージ要員を至急手配させよう」

「やめて。彼のことだわ。FBIの秘話無線なんて、とっくに解読ずみよ。私が一人で行きます。ホテルのロビーまでなら、貴方も尾《つ》いて来ていいわ。ただし、無線はなしでね。ピストルも」

モルダーは席を立った。彼女が物心ついたころには、市民運動の世界でその名が知られていた伝説の人物に、こうも呆気《あっけ》なく会えるとは思ってもみなかった。

ひょっとしたら、代理かも知れないが、会うだけの価値はある。

壁のモニターでは、プロバイダのサーバ・ダウンを示すアラームがポツポツと点《とも》り始めた。

プロバイダ担当の係員が、受話器を両肩に挟みながら、「誰か応援してくれ！」と訴えた。

あまたあるプロバイダに電話を掛けまくって、サーバ・ダウンを警告しなければならない。

結局、こういう時は、まだ音声の電話連絡が命の綱となる。ここいらへんがまだもどかしいところだった。

　歩巳は、「ただちにブリーフィング・ルームに出頭しなさい！」と基地内スピーカーで飛鳥を呼びつけたが、反応はなかった。

　午前一一時、総務と経済産業の各報道官ガ、「グッドタイムス・メール」に関して記者会見を行ない、そのようなウイルスは存在せず、そのような警告を電子メールで発すること自体がウイルスもどきのフレームを回線に発生させて、サーバ・マシンのダウンを招いていると、国民に注意を呼びかけた。

　歩巳は、ラジオでそれを聴《き》きながら、「ねえ、どのくらいの人間がこの記者会見の内容を理解できると思う？」と間島に尋ねた。

　これまで、ブルドッグ・チームのネットワークは、すべて彼一人に委《ゆだ》ねられてきた。

「どうですかねぇ……。プロバイダ自体、グッドタイムスを知らないところが多いですからね。俺の友達で、東京のプロバイダに勤めている奴がいるんですが、そいつの会社では、ついこの前まで、グッドタイムスというメールが来たら、絶対に読むなっていう貼り紙がしてあったそうですよ。契約者に一斉に流す寸前、誰かが気付いて恥を搔《か》かずにすんだとほっとしていましたけれど。まあ、インターネット流行《ばや》りと言っても、半分はバブルで、外国のサイトにエロ画像を覗きに行くだけですから、メールの使い方なんて、半分のユーザーが知りませんよ。上を見ても一〇〇万人いないんじゃないですか」

「その一〇〇万が一〇人にメールをばら撒《ま》けば、それだけでパニックになるわ。だいたい、総務省がよくないよ。ネットワーク時代だと業界を煽《あお》りながら、上流回線を太くしようかなんて、全然考えなかったんですから」

「来ないですね、機長……。戦時中のトンネルに潜《もぐ》ってブルブル震えていなきゃいいですけど」

「まったくあの人ときたら、どうしてこうパソコンを嫌うのか理解に苦しむわ。ただの機械にすぎないのに」

「短距離選手、必ずしも長距離を走れずというところじゃないんですか。生理的な嫌悪感を示す人々はいますからねえ」

「それじゃ来世紀生きていけないわ。電話の掛け方を覚えずに暮らせると思っている人々と、一緒よ。社会のコストを引き上げるわ」

「そうですか？　僕は別に、それはそれでいいと思いますけれど。たまに、パソコンだのネットワークだの、電話だのがなかったら、もっと余裕ある生活ができるのにと思いますけれど」

「生産活動に携《たずさ》わっている人間がそれでは困ります。われわれは無産階級の分まで働かなきゃならないんですから」

「はあ……」

機長のパソコン嫌いは、パソコンそのものじゃなくて、トレーナーの姿勢に原因ありだなと、間島は判断した。


モルダー大尉とスカリー捜査官は、五番街のトランプ・タワーを見上げる通りで、タクシーを捨てた。

四つ星クラスの、とあるホテルの入口へと向かうと、車椅子に乗った老婦人が、ドアボーイに向かって、悪態を吐《つ》いていた。

回転ドアしか開いておらず、ロビーに入るのに四苦八苦している様子だった。

スカリーが、ドアボーイとともに、その老婦人を手助けして、車椅子を中へ入れてやった。

指定されたレストランは二階にあり、そこからもトランプ・タワーの夜景を見上げることができた。

モルダーが窓際の席を確保し、予算で許されそうなサンドイッチをオーダーして待つこと一〇分。

ボーイが近寄り、「モルダー様でいらっしゃいますか?」と尋ねた。

「あちらのご婦人がお待ちです」

と、コーナーの席を指差した。そこには、さっきスカリーが手助けした、車椅子の老婦人が掛けて、マティニを飲んでいた。

モルダーは、ちょっとがっかりした気分だった。本人が来ないにせよ、せめて彼女の話し相手ぐらいできそうな相手が現われるものと期待していたからだった。

セントラル・パークあたりのホームレスに一〇〇ドル渡して、クーリエにでも雇《やと》ったのだろうかと思った。

目の前の老婦人は、身長が一六〇センチに満たず、かなりの猫背で、メタル・フレームの、大きな老眼鏡を掛けていた。

モルダー大尉は、「掛けてよろしいですか?」と尋ねた。

老婦人は、黙ったまま右手でもって、どうぞと仕草《しぐさ》した。

「そう残念そうな顔をしなくてもいいじゃないの?　大尉。いつかは、人間は老いるのよ。貴方だって、そういつまでも男たちが追いかけてくれるわけじゃないわ」

「すみません。市民運動家と聞いていたのですが、連絡員が来るにしても、もう少しその……」

「若くて魅力的な闘士を期待した?」

「ええ、正直に言えば」

「それは残念ね。でも任務だと割り切りなさい。まず貴方のIDを見せて」

大尉は、バッグからNSAとTOPS双方のIDカードを取り出して見せた。

「今夜はブルックリンの〝ファンキー・ネーバー〟で、友達のバースディ・パーティがあったのよ」

「すみません」

「貴方はNSAに入って何年になるの?」

「まだ六年ぐらいです。軍歴もそんなものですから」

「お笑いだわね。NSAがラトウィックの正体を知らないなんて。まあ、こちらから顔写真を売って歩いたことはないけれど」

「あの……」

「私がラトウィックよ」

老婦人は唐突に言った。

「え……?」

「貴方の目の前にいる、この私がラトウィック。その、ラトウィック・キャットの開発者にして、化石寸前の市民運動家」

「でも……」

モルダーは、ひどく困惑していた。FBIの行動科学班が出した、ラトウィックの正体に関する推定レポートには、年齢五〇歳代後半から六〇歳代、長髪、結んだ髪の毛、車を利用せず、よく陽に焼けた白人男性とあった。

「ああ、つまり、セトルズが言ったように、ラトウィックは、世間では男となっているることね。私がラトウィックを名乗るようになってから、私と直接会ったことのある人間は、たぶん一〇〇人といない。彼らには、私の身の安全のために、私が男であることにさせたのよ。こんなに長続きするとは思わなかったけれど。ついでに言っておくわ。なぜ私が、この歳《とし》までに隠し通した秘密を、暴露する気になったか。私は、あまり長くないの。膵臓癌《すいぞうがん》で、すでに転移している。だから、死ぬ前に、せめて正体を明かしておくべきだと思ったの。それが一つ。もう一つは、今回のグッドタイムス・メールは、たぶん終わりの始まりにすぎないわ。マーフィ・グループが何を血迷ったかは知らないけれど、彼らは誤った方向へと進んでいる。誰かが立ち塞《ふさ》がり、彼らの企《たくら》みを打ち砕く必要があると感じたから。その点において、私はセトルズと、ちょっとスタンスが違うのよ」

「その……、どうしてこういうことを」

「べつに驚くことじゃないわ。NSAにだって、伝説的な女性暗号解読者が何人もいるじゃない。海軍にだっていたわ。プログラマーというと、みんなジャンクフードをパクつく短パン姿の若造を想像するけれど、あのMAD暗号を開発したセトルズだって、プログラマーじゃないわ。ただの市民運動家。暗号やＢＡＳＩＣ《ベーシック》のテキストを老眼鏡で読みながら、斬新《ざんしん》なプログラムを作り上げたくちよ。花の六〇年代後半……」

ラトウィックの顔がパッと明るくなった。

「私はある大学で、政治学の教授の助手として働いていたの。パソコンも何もない時代のことよ。世論調査の、膨大《ぼうだい》な個人データをカードで管理するのが私の仕事だったの。そっちのほうに才能があったのね。ベトナム反戦時代、私は、マーガレット・タライアの本名で活動してたの。セトルズと知り合ったのもそのころね。でも、私はデモの先頭に立つよりは、裏方に徹して組織運営にあたるほうが向いていると、すぐ解ったわ。それでベトナムが終わるころには、私の名前はＦＢＩぐらいしか知らなくなった。当時もう四〇歳になっていたかしらね……」

「どうしてプログラムというか、コンピュータに目覚めたんですか？」

「ベトナムが終わって、虚脱状態のころ、私に、遅い春が訪れたのよ。お相手は、スタンフォード大学で大衆心理学を研究していた、私より五つも若い准教授だったわ。彼の研究はね、ちょっと特殊だったの。デマゴーグが拡散、あるいは拡大してゆく過程を研究するのがテーマだったの。それで私も手伝うようになって。別れた後も、いい友人関係だったわよ。四年前、エイズで死んだけれど、彼がわたしにやってみないかと唆《そそのか》したのよ。もとは彼の理論よ。彼は時々、とんでもない悪戯《いたずら》を思いついて、いろんなグループに、ちょっとずつディテールの違う話をばら撒いて、それがどういう経路を辿り、どんなふうに拡散していくかを研究していたの。それを応用しただけよ。ラトウィックというのはね、ハイスクールで彼に高等数学を教えてくれた恩師の名前から取ったの。彼が一番尊敬していた人物だった。基本的に、ハッキング・マクロなの。いろんなサーバのデータに侵入して、メール関係の履歴を辿って行くのよ。最終的には、どんなに誤魔化しても、このメールに対するリプレイがどこで発生して、誰から届けられたかを全部辿って行って、最初のオブジェクトを誰が書いたかまで、必ず辿り着ける」

ツナのサンドイッチが届けられ、会話が途切《とぎ》れた。

「プライバシーが崩壊しますね」

「そう。普通の紙の郵便物は、こうはいかないわ。私が貴方に手紙を出し、その手紙をそのまま封筒に入れて、あのにやけたＦＢＩマンに出しても、第三者からは、私の手紙だということは解っても、私がどこから出したかなんてことは解らない。でもサイバーワールドでは、いろんな情報を頼りに、最初の一人に辿り着ける。これがネットワークの恐ろしいところよ。遠慮せずに食べなさい」

ラトウィックこと、マーガレット・タライアは、マティニに沈んだチェリーを出して灰皿に落とした。

「あと、どのくらいなんですか……」

「わたしの身体？　保《も》って半年でしょう。私は充分に人生をエンジョイしたわ。だから、私にとって意味のない延命措置はしないの」

「すみません、メモをとっていいですか？」

「貴方は暗号屋だから、そういうの得意じゃないでしょ。ＦＢＩを呼びなさい」

そう言うと、タライア女史は、さっさとボーイを呼びつけて、ロビーにいる、ＦＢＩの看板を下げた白人男性を連れて来るよう命じた。

彼女は、このホテルを頻繁《ひんぱん》に利用しているらしく、ボーイをファースト・ネームで呼んだ。

「その……、失礼ですが、生活の糧《かて》とかは……」

「エイズで死んだ彼は、私に遺産のすべてを残してくれたわ。彼、ジャンクな株を買うのが好きな男で、彼にとってのジャンク株というのはね、当時のパソコン会社の株だったのよ。半分の会社は倒産して消えたけど、残りの会社は大化《ば》けしたわ。マイクロソフトにアップルに……。だから生活に不自由はしていないつもりよ。グリーン・カードを調べなさい。私の本名で税金もちゃんと払ってあるから」

スカリーは、ばつの悪い顔で現われた。

「先ほどはありがとう、スカリー捜査官。貴方がたの良心を試させてもらったわ」

スカリーが名乗る前に、タライアはスカリーの名を知っていた。

「試したんですか?」

「ええ、あのドア・ボーイはとっても気が利《き》く青年よ。いつもタクシーのドアが開いた瞬間には、ベル・ボーイらと待ちかまえて、私を誘拐するんですから。二〇ドルあげて、お芝居してもらったの。駄目ね、貴方がた。昔のFBIなら、ハイウェイで赤ん坊がハイハイしていても任務を優先させたものよ」

「すみません。時代が変わったものですから。貴方がたが勝ち取った人権の成果です」

スカリーは、モルダーの隣に坐りながら言った。モルダーが、タライアをラトウィック本人であると紹介した。

「テープのスイッチは入れた?」

「すみません。そういうシフトは組まなかったんです。まさか、本人が現われるなんて、それに、不審を招きたくもなかったので」

「じゃあメモしていいわよ」

スカリーは、メモ帳とペンを出して身構えた。

「セトルズからのメールにあったわ。これは終わりの始まりかも知れないと」

「何の終わりなんですか?」

スカリーが質《ただ》した。

「オープン・ネットワーク時代のよ。インターネットは、言うまでもなく、研究者のためのネットワークでした。研究者は、ハッキングもしなければ、くだらんチェーンメールでフレームも起こさない。そこでは善意の人々の存在というのが大前提でした。でも、市民社会は大きくなればなるほど、コストが高くつくようになる。インターネットは、おおもとのシステムは弱いまま、端末だけが発達した。言ってみれば、水道を送るのに、地中の土管は木製のままで、蛇口だけ取り替えているようなもの。クローズド・ネットワークは違うわ。ホストの方針次第で、いくらでもセキュリティを強化できる。われわれは、技術でもって、蛇口に鍵を掛けることはできたけれども、木管自体は交換できなかった。ボロボロの繋ぎ目からいくらでも妨害工作はできたわけね」

「タライアさんは、今回のフレームがマーフィ・グループの仕業《しわざ》だとお考えなんですか？」

「待ってちょうだい、ダナ。ダナと呼んでいいかしら？」

「ええ、もちろん」

「そうね。インターネットが、研究者の格安な情報交換手段から、ビジネスになくてはならないインフラとして注目され始めたころ、こういう日が来ることは当然予想されていたのよ。問題は、いつ？　誰が？　にすぎないわ。それを一番にやってのけた連中がいた。そういうことでしょう。そしてそれが、あのやんちゃなマーフィ・グループだった。でも、ここから先はちょっと陰謀めいているけれど、彼らに資金を提供した人々がいるかも知れない」

「なぜ？　根拠はあるんですか？」

「マーフィ・グループは、三カ月前からふっつり姿を消していたの。一部の、クラッカー系サイトで話題になっていたのよ。貴方がた気づかなくて？　それでよくTOPSなんか気取れるわね。それで、これは気をつけたほうがいいと思っていたわ。あの悪ガキ《キッズ》どもを三カ月も黙らせておけるなんて、よほどの条件を提示できる人間でなきゃ無理よ。連中の目的はね、ネットワーク史に名前を残したいだけ。彼らを操《あやつ》っている人間、あるいは集団の意図までは解らないわ。それは貴方がたの仕事。このフレームは、ほんの手始めよ。あのキッズどもが、たかがチェーン・メールぐらいで満足するはずがないんだから」

「この後に、連中は何をやるんです？」

「もちろん、軍のサイトにだって押し入るわよ。でもその前に、たとえばウォール街のどこかの会社のイントラネットに侵入して、データベースを破壊するとか、銀行のオンラインだって覗いてみたいでしょう。航空ダイヤへの悪戯、最悪の場合、墜落事故が起こるわ。電力会社のネットワークに侵入してダミー・プログラムを走らせて、アメリカじゅうの発電所を、一斉停電させられる。もっとも、これは考えものね。回線も落ちちゃうから、彼らの楽しみもなくなる。こんなのは序の口。彼らだってコスト・パフォーマンスは知っているわ。チェーン・メールと似たような方法を使って、ウイルスのネズミを走らせるでしょう。ほんの数日、ひょっとしたら、ほんの数時間で、世界じゅうのコンピュータのデータが破壊されるかも知れない。解る？　病院のカルテから、貴方の給与明細、何もかも真っさらになるのよ。もし、明け方貴方が目覚めて、ＴＯＰＳへの厚いドアを潜《くぐ》ろうとしても、貴方のパスはすでに無効になっている。クレジット・カードで電話しようとしたら、それ無効。アパート代を払おうとしたら、先方の口座は消え失《う》せている。電話局も電力会社も、ユーザーデータを消去されて、一軒一軒家庭を訪ねて、お宅とわが社は契約してましたでしょうか？ってことをやるのよ。アメリカ経済は崩壊するわ。完璧に、核戦争の後みたいに石器時代に逆戻り。病院なんか、患者の保険データの照合すらできないんですからね」

「本当にそうなると思いますか？」

「疑う理由があって？　イントラネットのファイアウォールを見てごらんなさい。あんなの、日曜プログラマーに毛が生《は》えた程度の技術で突破できるのよ。私たちは、利便性を優先して、安全を犠牲にしたんです。エアバッグもドアロックもワイパーも不要だから、安くて便利な車を遣せと叫んで来たんですから。今そのツケを払わされるんです」

「誰が利益を得るんです？」

「さあ、ロッキー山中の山小屋で、国連軍はすでにアメリカを占領していると喚《わめ》き散らす民兵組織《ミリシア》かも知れないし、人権人権と口うるさく言われるのを快く思っていない中国かも知れない。アメリカの不幸を喜ぶ人間が、たぶんこの地球人類の全人口の九九パーセントぐらいはいるでしょうね」

「〝ラトウィックの猫〟がネズミを追い詰めるのに、どのくらいの時間がかかるんですか？」

タライアは、グラスを置いて、ちょっと考える素振《そぶ》りをした。

「そうね……。基本的に、ラトウィック・キャットはハッキング・マクロなの。つまり違法行為よ。いいの、スカリ捜査官、その部分はメモしなくていいんです。二分で片付くものもあれば、二日かかるものもあるでしょうね。たとえば、タイトルにグッドタイムスを含むメールの、履歴を辿るとしましょう。最終的に私が受け取ったとして、転送したのがスカリー捜査官、発信したのがダナだとすると、これはほんの二分で履歴を追えます。ところが、マーフィ・グループは、そんなヤワなことはしないのよ。たった一本の電子メールをクラッカー仲間に届けるために、数万のサーバを介在させることがあるわ。こちらが履歴を追おうとしても、根負けさせるように出来ている。巧妙よ。すでに、猫は鈴を付けて放ってあります。情報はポッポッと集まりつつあるわ。でも、何しろ、数百万、数千万の情報を洗わねばならないのよ。ミシシッピの河口に立って、たった一滴流れ込んで川を汚染した物質の、源流を辿るような作業です」

「その……、タライアさん。私は大学でシステム工学を修《おさ》めてＮＳＡに入ったんですが、ＮＳＡのスーパークレイを使えば、いくらかスピードアップできるものと思います」

タライアは鼻で笑って首を振った。

「すでにＮＳＡの手法でやっているんでしょう？　無駄なことよ。戦車で高速道路を走るようなもの。目立つばかりでスピードなんか出ないわ。貴方がた軍人は、汎用性《はんよう》という意味をまるっきり理解できない人々ですからね。キッズどもの反撃を喰《く》らって恥を掻くだけよ。相手が私なら、損害も少なくてすむわ。それに、貴方がたにプログラムの中身を見せるのはごめんです。いずれは、ＮＳＡは私より優《すぐ》れたハッキング・マクロを開発するでしょう。でも、それまではわれわれは、安全に通信の秘密を維持できる。問題なのはね、クラッカーどもの存在じゃない。本当にわれわれが警戒すべきなのは、国家によるコントロールよ。クラッカーはただ破壊し、足跡を残すだけ。国家は国民を欺《あざむ》き、〝ハーメルンの笛〟で国民を戦場へ送ろうとする。われわれはそれを監視しなければならないのよ」

　それがあの狂乱の時代を生きたベトナム世代の、拭《ぬぐ》いがたい政府への不信なのだと、モルダーは思った。それは、彼女の親の世代が、身内だけで声を潜《ひそ》めて語るような話だった。

「もう一杯いいかしら？　今度はマルガリータを」

「ええ、でもよろしいんですか？　お身体に」

「いいじゃないの。今日一杯飲んだせいで、一カ月寿命が縮んだからといっても、べつに悲しくはない。それに、一生に一度ぐらい、国家のお金でお酒を飲んでみるのも悪くはないわ」

　タライア女史は皺《しわ》くちゃの顔で笑った。彼女は、モルダーが察するに、まだ六五歳を回っていないはずだったが、それより一〇歳は老《ふ》け込んで見えた。

　グラスを持つ手は小刻《こきざ》みに震え、これがNSAやFBIが二〇年以上も探し続けたラトウィックの正体だとは、とても信じられなかった。

　この国には、まだまだとんでもない人々が存在する。それが彼女の率直《そっちょく》な気持ちだった。

　須米等木二曹は、外務省の仮眠室の蚕棚《かいこ》で仮眠しているところを起こされた。

領事作戦部に顔を出すと、鳴海がマウスを握り、パソコン画面に向かっていた。正直なところ、哀れな感は否《いな》めなかった。

老眼鏡世代が、モニターに顔を近付けてネットサーフィンしている姿は、見ていてあまり気持ちいいものではなかった。

本来なら、アーム・チェアに佇《たたず》み、物静かに読書しているべき世代なのだ。

「どうかしましたか？」

「ああ、すまない。ついさっき、TOPSから公式メールが届いてね。FAXでも届いたよ。フレームのせいで、配信が遅れている」

鳴海が指し示すテーブルの上のFAX用紙を、手に取った。

「そこにあるマーフィ・グループというのは何なんだね？」

「クラッカー・グループの一つです。全米のというより、世界で最も凶悪で、たちの悪いクラッカー集団といっていいでしょう。良心的なハッカーというのは、他人のシステムに侵入すること自体に喜びを感じます。彼らは、電話のタダ掛けという微罪は犯しても、他人のシステムを破壊するようなことはしません。せいぜい侵入したぞという自分のサインを、誇らしげに残して来るぐらいです。でも、悪質なクラッカーはシステムそのものの破壊を楽しむ。サイバーワールドの敵です。ハッカーとクラッカーの言葉の違いは、たぶんそのあたりでしょう。連中は一度、カリフォルニアの電力会社に侵入し、誤信号を流して原発を止めたことがあります。表向きには、彼らは反原発運動の一環だと弁解しましたが」

「なぜマーフィ・グループと？」

「連中がマーフィの法則を気取っているからです。〝悪くなる可能性のあるものは、必ず悪くなる。破壊される可能性のあるものは、必ず破壊される。侵入される危険のあるものは、必ず侵入される〟それが彼らのモットーで、自分たちは、ネットワーク界のセキュリティを高めるための〝トロイの木馬〟であると胸を張っている」

「日本がターゲットになっている可能性があるのかね？」

「ああ、それはですね。以前、あるメーカーの研究所のデータに侵入されたことがあります。彼らは世界じゅうにシンパを持っていて、日本にもいます。フル・メンバーかパートタイムかは解りませんが」

「日本で被害を出している？」

「ささやかな被害を。ある筋で、彼らとフェイス・トゥ・フェイスで接触したと称する人間にインタビューしたことがあります。パチンコやテレホンカードの偽造、パソコン通信のＩＤのハッキングの売買で、羽振《はぶ》りはいいようです」

「そういうのは、この世界では小物じゃないのか？」

「ええ、日本の場合はちょっと特殊でして、古くさい徒弟《とてい》制度があったりします。プログラムが書ける高校生とかをピックアップして、自分の技術を教えて上納金を納めさせるというシステムがあります。月一千万の収入も夢じゃない。まあ、その程度のことなら可愛いんですけれどね。ハッキングで得た情報を元に企業恐喝とかする程度でも。でも、麻薬と一緒ですよ。いずれ咳止《せきど》め液や大麻じゃ、我慢できなくなる。でも、マーフィ・グループを名乗るからには、上はたぶん大物ですよ。これは、悪質なオタク・グループじゃなく、れっきとした組織犯罪です。そう遠からず、彼らが本物のマフィアとして頭角を現わすでしょう。ＴＯＰＳのボスがＳＳのボスを兼ねるというのは、まったく正解だったと思いますね。麻薬組織は、彼らの技術を使って、マネーロンダリングとかやるでしょうから。まだまだ認識が低いですが、クラッカーの脅威というのは、技術的なものではなく、経済的なものなんです。麻薬とまったく一緒です」

「で、こちらで何かできるかね？」

「警視庁のネットワーク対策室の鴨志田《かもしだ》警視正に情報を流しておきましょう。これ以上深刻な事態を招くようなら、できるかどうかはともかく、摘発してもらうしかないでしょうが。今度のチェーン・メールに関しては、出所はアメリカで、日本から出た形跡はありません。しばらくそれで様子を見ましょう」

須米等木はすぐ受話器を取り、警視庁へと電話を掛けた。

領事作戦部が、ＴＯＰＳの日本側代理店として業務を代行することに唯一《ゆいいつ》障害があるとしたら、この縦割り行政だなと、鳴海は思った。

モルダー大尉とスカリー捜査官がＴＯＰＳのオフィスに帰った一〇分後、シークレット・サービスの一団がどやどやと押し掛け、警備チェックを開始した。

その五分後、観劇を終えて自宅に帰っていたはずの、アッカーマン局長がＳＳの護衛を従えて戻って来た。

タキシード姿の局長は、オペレーション・ルームのモニターの真下に立ち、全員の注目を求めた。

「レッド・アラートを発令する。スタッフ全員を招集せよ。ただし、電子メール、携帯電話は使用不可だ。必ず有線の電話で呼び出せ。一二時間前、合衆国副大統領宛に、今回のフレームに関する脅迫メールが届けられた。そのメールが実際に読まれたのは、つい五〇分前のことだ。このフレーム騒動の犯人を名乗り、これが終わりの始まりにすぎないことを述べている。間もなくそれのコピーがＦＡＸで届くだろう。その脅迫状には、これが本物である証拠に、中西部の三つの発電所を緊急停止させることを述べてあった。原発二基、火力発電所一基が、夕方ダウンしたことが解っている。現状で解っていることはこれだけだ。このビルのセキュリティ度も上げる。しばらく不愉快な思いをするだろうが辛抱《しんぼう》してくれ。コリン、TOPSのホームページに、ケース4－Dのメッセージを公開しろ。ニュース・グループにも流しておけ。私のサインでな。さあかかれ！」

アッカーマンは手を叩いて皆を促《うなが》すと、モルダーとスカリーに、「こっちへ」と、ついたての向こうの会議室に誘った。

そこいらじゅうで電話の受話器が上がり、みんなが慣れない手つきでプッシュホンを押し始めた。

彼らは、ネットワークの達人ではあったが、逆に電話それ自体との付き合いは疎遠になっていた。

誰かが、隣のスタッフに、「おい、受話器を取ってから番号を押すんだっけ？　それとも逆か？」と尋ねていた。

答えたほうも首を傾《かし》げながら、「さあ、どうだっけな……。ところで、相手が受話器を取ったら、夜分にすみませんが？　って挨拶《あいさつ》でいいのか？」という調子だった。

この部屋の住人にとって、音声電話は博物館の陳列棚でしかお目にかかれないような、旧世代のツールと化していた。

「電話の掛け方ぐらい覚えておいてもらいたいな……」

アッカーマンは呟きながら上座に付いた。消えていた天井のライトをスカリー捜査官が灯《とも》す。

「さてお二人さん。この問題に最初から関わってきたのは君たち二人だ。ラトウィックとの件はどうなった？」

「接触に成功し、協力を取り付けました」

モルダーは、ラトウィックが実は女性で、余命《よめい》いくばくもない状況であることを伝えた。

「いちおう、その彼女の本名を洗いたまえ。最悪の場合、ベッドごとここへ誘拐して来て、そのプログラムや彼女の知恵を拝借しなければならないかも知れない」

「彼女も、終わりの始まりみたいなことを言ってました。かなり危機感を持っていた様子です」

「まだ、連中の意図がはっきりしない。複数なのか個人なのか。マーフィ・グループなのか、そうでないのか」

誰かがドアを蹴破《けやぶ》るようにしてオペレーション・ルームに入って来た。

「ホワイトハウスからのＦＡＸです！」

「よし、コピーを三部作り、番号を打って回覧しろ。コピーはこの部屋から出すな！」

アッカーマンは、それを一瞥《いちべつ》すると、テーブルを滑らせて、二人に投げた。

一番下にある〝ケビン〟というサインが目に留まった。

「これもアメリカン・オンラインのＩＤですね」

「ああ、一千万近いユーザーのうちの一つ。半年以上寝たままのＩＤだ」

寝ているというのは、休眠状態、つまり、契約はされたが、まったく使われた形跡のないＩＤのことで、ハッカーの世界では、クリーンなＩＤとして、言い値で売買される。

「使用者は、ロス在住の三五歳の主婦。今ＦＢＩが向かっている」

「要求がない。珍しい脅迫状ですね」

モルダー大尉が言った。

「スカリー、これはＦＢＩの行動科学班にいた君の専門だ。何が読み取れる？」

「ネットワーク上の文字からは、性格を読み取ることができません。これは大きな障害です。人間の直筆《じきひつ》文字や、使用された紙自体も、多くを語りますからね。まず、これはユナ・ボマー（一九九六年逮捕された米国の爆弾魔）に非常に近いタイプですね。技術文明へのある種の憎悪と偏見が読み取れます。彼はただネットワークを破壊し、それを利用する者たちに、この文明の危険性を認識させるとしか書いてない。おそらく、ネットワークに関して、過去、何らかの関係を持ったことは間違いないと思います」

「たとえば？」

「自分が女にふられたのを、教育制度が悪いからとか、合衆国大統領が、適切な家族観を国民に提示しなかったからだと妄想する連中はいっぱいいます。彼らの中では、それなりに筋が通っているんです。たとえば、インターネットで商品詐欺《さぎ》に遭《あ》ったとか、あるいはニュース・グループで不愉快な目に遭ったとか、ネットワークを逆恨《さかうら》みするようになったのかも知れない。理由はいくらでもあります。ネットワークは、実社会と同じですから。この〝ケビン〟という名前が、何かの突破口になるでしょう。この手の犯罪者というのは、絶対に足が付かないと判断して、こういうサインを残しますが、えてして、隣の犬の名前だったり、好きなヒーローの名前だったりするものです。有力な手掛かりになります。少なくとも、電話帳を捲《めく》って上からマジックを落としてマークした名前じゃない」

「モルダー大尉は？」

「いちおう、隠し文字を潜《ひそ》ませてないか、NSAで分析させます」

「やっぱりそうだ……！」

スカリー捜査官が、膝を叩いた。

「局長、間違いありません。この実行犯は、マーフィ・グループです。そして、この脅迫状を書いた〝ケビン〟を名乗る本人に、マーフィ・グループが雇われたんだと見ていいでしょう。この文章には、ハッカーの臭《にお》いもクラッカーの臭いもしない。ユナ・

ボマーと同じタイプです。一度はその世界に関わったこともあるが、やがて背を向けた人間です」

「われわれが探すべき相手は?」

　スカリーは、ホワイトボードに向かった。

「アメリカ人の白人男性。年齢は、五〇歳以上。何らかの形で、コンピュータ、もしくはネットワーク・ビジネスと関わったことがある。事業ではいちおうの成功を収め、現在は引退中か、もしくは経営にタッチせずにすむような環境にある」

「下を見ても百万ぐらい該当者がいるだろうな」

「そのぐらいはいるかも知れませんね。しかし、営利による脅迫ではなく、純粋に、復讐や懲罰《ちょうばつ》であるとすると、もっと的《まと》を絞れるでしょう」

「よし、すぐかかれ。状況によっては、緊急事態管理庁が、われわれの指揮下に入る。何が起こるか解らないぞ」

　日付が変わろうとしていた。

　せめて、今日が昨日よりましな一日になりますようにと、モルダー大尉は胸の内で呟いた。

3章　マーフィ・グループ

一番近い人家でも、おそらく数十キロぐらいは離れているはずで、人口構造物の何もかもが地平線、水平線のはるか彼方《かなた》だった。

夏のシーズンだけ使われる漁師の番小屋が、麓《ふもと》の海岸沿《ぞ》いにあるはずだったが、視界にはなかった。その視界にあるのは、深い笹《ささ》と、蒼《あお》く澄んだオホーツクの海だけだった。

知床《しれとこ》国立公園からオホーツクに突き出した知床岳の中腹に、ロシア製のパラボラ・アンテナ数基が持ち込まれ、それぞれ二〇〇メートルほどの距離を取って設置されていた。

諏訪《すわ》ジョージ博司《ひろし》は、モスグリーンの迷彩服に身を包み、五メートルほど組んだ足場の上で、抜けるような空を見上げていた。

彼らの仕事は、ほとんど終わったようなものだった。

アンテナ、ケーブル、太陽光発電パネル。全部で一トンを超える資材を、一番近い浜辺に蟹獲《かにと》りの独航船を雇《やと》って陸揚《あ》げし、そこから獣道《けものみち》を一〇キロ以上も担《かつ》いで運んだ。

往復した回数は一〇回を超え、駆《か》り出した高校生ハッカーたちは、必ず一度や二度、羆《ひぐま》と遭遇していた。

誰も襲われずに荷役《にやく》を終えたのは、奇跡だった。

ヘリコプターのローター音が聞こえてくる。マスコミの人間を除いて、このあたりに近付く者はいない。北方領土のロシア軍を刺激しないために、自衛隊機も滅多《めった》に飛ばなかった。

こんな辺鄙《へんぴ》なところへ飛んで来るのは、自然紀行でも撮《と》るマスコミの取材ヘリに違いなかった。

「フライト・プランどおりですね」

「ああそのようだ」

下に張ったテントの中で、パソコンのモニターを監視していた高校生ハッカー、新《しん》堂馨《どうかおる》がテントの窓を開けて空を見上げた。

彼の高さからは、笹藪《やぶ》が邪魔になって、何も見えないはずだった。

新堂は、諏訪の弟子の中でも一番腕がよかった。

彼の月収は二千万円を軽く超えていたが、ちんけなパスワード破りで才能を浪費するようなことはやめさせて、もっとでかいことを彼にはやらせてみたかった。

「今日はこれでおしまいかな……」

「ええ、ほかに出されたフライト・プランはないですね」

彼らは国土交通省のデータベースにアクセスし、このエリアを飛ぶ航空機のデータを漏《も》れなく拾っていた。

直径一メートルのパラボラ・アンテナは迷彩色に塗られ、目立つものといったら発電パネルぐらいだったが、これは光を反射するので厄介《やっかい》だった。

彼の弟子たちが、数枚のパネルの後ろで待機していた。

もともと、自動追尾装置など持たないので、太陽の移動につれて、パネルを動かす必要があった。

「見えました」

「五分で来るな」

諏訪は右手を回して、パネルを畳《たた》むよう指図《さしず》した。リミットは一五分。その間は、無停電電源装置が、アンテナと中継器に電力を供給する。それが切れると少々面倒なことになる。

夜間用に蓄電していた分や、灯油発電機を使わなければならない。

高校生たちが、急いでパネルを畳み始めた。諏訪も見張り台の上に笹を被《かぶ》せて、そこを降りた。

「テレビ局ですかね……」

「入ってみたかい？」

「いえ、駄目ですよ。テレビ局なんて、一〇年経《た》ってもイントラネットなんて入りませんよ。経理のコンピュータにレンタル代が記録されるのは、ずっと後のことですからね」

「ヘリ会社のほうは？」

「あそこはイントラネットじゃなくて、本社だけの社内LANみたいです。僕の手にはちょっと……」

「入れるさ。どこかで電話線と繋《つな》がっていさえすれば。君には素質がある。きちんと大学に入って、一流企業で最新の技術をマスターしてもらいたいからね」

二人は、藪の低い位置へと移動して、接近するヘリを見上げた。ウェスカム・カメラを搭載していた。

「いいですねぇ。あのヘリ、いくらぐらいしますかねぇ……」

「四、五億というところじゃないか。ほんの一年の稼《かせ》ぎだ」

「いやぁ、悪銭《あくせん》身に着かずですからね。諏訪さんが学生のころは、何やって稼いでいたんですか？」

「大学のレンタル・サーバに入っていたが、ネットワーク犯罪は無理だったね。何しろ証拠が残る。就職するまで、その手のお遊びとは無縁だった。貧乏暮らしもいいぞ。

社会を斜に構えて見る目を養える」

「毎日他人にペコペコ頭を下げて、会社じゃ首切りに怯《おび》えて、ごめんですね。親父みたいな人生は」

諏訪は、時々時計を見ながら喋《しゃべ》った。

「光線の具合がよくない。ここに滞空するようなことはないだろう。こんな時間に、素人《しろうと》のディレクターだ」

「どうしてです？」

「太陽が頭上にある時間帯に撮っても、いい画《え》は撮れないよ。自然を撮るのは朝というのが鉄則だ。上から撮ったからって、変わりはしない。旅客機に乗って、下を見たって、山が緑色に見えることはない。そういうことだよ」

「だとすると、明日また出直しですかねぇ」

「予算があればな」

ヘリが視界から消えて引き返して行くまで、九分かかった。

「よし！　パネルを展開して、角度調節しろ、急いでくれよ！」

諏訪は、また監視台に昇ってカムフラージュを取り除いた。

「たかが民間用のヘリなんて、ちんけなことを考える必要はない。武装ヘリだって、ジャンボだって買えるんだから」

「ま、そうかも知れませんけど、それが目的じゃないですからね」

「もう二〇年も生きれば、それだけが目的のつまらない人生を送る羽目《はめ》になる」

彼らは、すべてが終われば、世界じゅうの銀行口座に、数億ドルの財産を抱えているはずだったが、誰ひとり、その額に興味を抱《いだ》く者はいなかった。

彼らは、報酬が一万円の日当だろうが、楽しければ引き受けたし、たとえ億の金を積まれても、つまらない仕事を引き受けるつもりはなかった。

諏訪の考えは、少々違ったが。彼はもう、目的の純粋さだけで生きていけるような歳《とし》ではなかった。


あたしきっと、ピザ屋になれるわ……。

妹のサブリナ・タイラーが、焼きたてのピザを、丸太を割ったテーブルの上に置きながら言った。

「あと二カ月は、毎日ピザを出せるだけの具があるのよ」

兄のフランクが、食傷気味の顔で手を伸ばした。

「そこに咲いている紫の花だけど、あれトッピングできないかな。何の花だろう……」

「高山植物の一種でしょう。あまり関心しないわね。そんなもの盛りつけるんなら、川でも海でも釣りに行ったほうがましだわ」

「釣りならモニターの中でだってできるよ。なあ、ここに一番近いピザ屋はどこかな。インターネット・モールのレストランで探してオーダーかけてみようか」

「よしなさいよ。どこで足が付くか解らないんですから。それに、もしそんな奇特なピザ屋があるにしても、ここに届くころには、私たちはもう荷物を纏《まと》めて飛行機に乗っているわよ」

「ああ、ピザでなくてもいいんだ。マックでも何でもね。マット！　マット!?」

フランクは、モニターを見ながら、叫んだ。

身長一九〇センチもあるマット・ベーカリーが、丸太小屋に入って来ると、部屋がわずかに傾くのが解った。

「マット、ファースト・ゲートを突破したぞ！　ニューレコードだ。次は二〇分で破ってみせる。こんなちゃちなシステムで俺を騙《だま》そうなんて、人を馬鹿にするなってんだ」

「道のりは長いぞ、フランク。こんなのはまだまだ序の口だからな」

「もうすぐローリング・ストーンズのコンサートがあるんだ？　見ないかい？」

「俺はロックはテレビじゃなくコンサート会場へ行く口なんだ。こればかりはネットワーク全盛も感心しないね。連中が初めてインターネット中継をやった時には、それだけはやめてくれと思ったもんだよ。サブリナ、ジェフリーを起こせ」

「やだわ、彼。昨日二時間もストリップ・チャンネルにはまっていたのよ。女性がいるってことをもう少し配慮してほしいわね。眼が血走っているんだもの」

「あの、一分で一ドルもふんだくるラスベガスのサイトかい？　いいカモだな。誰が金を払う？」

「さあ、何でも韓国《コリア》の政治家のクレジット・ナンバーを拝借したとか。スキャンダルになるわ」

「やれやれ、たった五センチ四方の画面でストリップなんか見て何が楽しいのかね。サイト6《シックス》のモニター映像をこっちへ回してくれ」

「異常なし、カモメがカメラのポールとじゃれているだけよ」

ベーカリーは、床に落ちた紙の束《たば》を拾って捲《めく》った。

「チップセット3《スリー》へ進行する時間だ」

「マット、連中がいつごろ、ここを発見するか賭《か》けをしようじゃないか？」

「二〇ドル二〇枚ならいいぞ」

「三六時間、プラスマイナス二時間ってとこかな。サブリナは？」

「TOPSはそんなにバカじゃないわ。NSAを見くびると痛い目に遭《あ》うわよ。そうね、あたしは二四時間、プラスマイナス二時間ってところかしら」

「俺はそうだな、一八時間というあたりに賭けるよ。それを過ぎることはない。何しろ、ＴＯＰＳが警告を発する前から、〝ラトウィックの猫〟がうろついていた。楽観していい要素は何もない」

「それは無理だろう。いくら何でも」

「こっちだって餌《えさ》は撒《ま》いてやったんだ。辿《たど》り着いてくれなきゃ困る」

「ＳＷＡＴが乗り込むところをクイックタイム・ムービーに撮って流してやろう。偵察機を飛ばすような余裕はないだろうからな」

「いきなり爆撃なんてことはないでしょうね」

「こんな辺鄙《へんぴ》なところじゃ、警察も軍もＦＢＩも大変だ。ＴＯＰＳは執行組織を持たないし、軍もおいそれとは接近できない。あとはラトウィックがどれほど本気を出すかだろう。セトルズが不当逮捕されたばかりだというのに、何で彼ほどの運動家が、ＴＯＰＳの味方をするのか理解に苦しむよ」

「ラトウィックやセトルズの機嫌を損《そこ》ねるようなことをしたつもりはないよな。俺たち、ともに目指すところは一緒だとばかり思っていた」

　ベーカリーは、半ズボンのポケットに右手を突っ込んで、耳栓を取り出した。

「ほんの二時間眠らせてくれ」

「おやすみ。目覚めたら世界は消え失せているかも知れないわよ」

サブリナが茶目っ気たっぷりに言った。

文明は、脆《もろ》い。文明史の中でもっとも強固だったものは、六〇年代のモータリゼーションの中で生まれた数々の名車ぐらいのものだな、とベーカリーは思った。

あのころの車は、どれだけ手ひどく故障しても、それを一晩で修理するだけの技術を皆が持っていた。

今では、コーヒーメーカーひとつ壊れても大騒ぎする羽目になる。

便利さと引き替えに、われわれの文明はどんどん脆弱《ぜいじゃく》になってゆくと思った。


飛鳥が姿を見せたのは、昼飯の時間をとうに過ぎてからだった。

米海軍の訓練が終わったため、硫黄島は静けさを取り戻していた。

ブリーフィング・ルームでは、衛星チャンネルが、東京からのニュースを伝えていた。

煙草《たばこ》の自動販売機が映っていた。

「長い散歩だこと……」

「まあね。自販機がどうかしたのかい？」

「止まっているのよ。煙草も清涼飲料水の自販機も。たいした台数じゃないけれど」

「何で？」

「ネットワーク・トラブル。最新の自販機は、商品の在庫を自動的に本社のデータベースに通報して、何を重点的に補充すべきか教えてくれるのよ。その回線のトラブルみたい」

「例の連中の仕業《しわざ》なのかい？」

「さあ、まだ解らないわ」

「何でそんなことする必要があるんだい？　営業のノウハウってもので回ればすむじゃないか？」

「在庫をよけいに抱える羽目になるわ。商品を棚から切らすわけにはいかないんですから。もう一〇年もしないうちに、すべての家電製品がインターネットのアドレスを持つようになるのよ。コーヒー・メーカーからお風呂の湯沸かし器、洗濯機にエアコン、自動車に至るまでね」

「何でそんなことする必要がある？」

「それが進歩だからよ。家の中から、車のエンジンを掛けて、エアコンの温度を調節して、帰宅する時は、車の中からお風呂の蛇口《じゃぐち》を捻《ひね》ってお湯を入れる。新聞は、必要な時に必要な場所にプロジェクタで表示されるようになるわ」

「新聞てのは、あの印刷したての臭《にお》いがいいんだぜ」

「紙のメディアは残るわよ。心配しなくてもいいわ。ラジオが出来た時、新聞は生き残ったし、テレビが出来た時、やっぱり新聞もラジオも生き残った。文明の歴史上、後に出来たメディアが、先に出来たメディアを滅《ほろ》ぼしたことはない。インターネットはその法則に終止符を打つという人々もいるけれど、私はそうは思わないわ。ペーパーレス化を達成するためのネットワーク化の推進で、逆にマニュアルや解説本の印刷で紙の需要は増えたんですから。それより帰り支度《じたく》をしなさい」

「平壌《ピョンヤン》でも爆撃に出かけるのかい？」

「冗談でなく、その可能性はあるわ。サイバー・テロリズムは、前線を選ばない。電話線一本あれば、どこにいても可能ですから。ただ北朝鮮《ノース・コリア》の可能性はないでしょう。あの領土内から発信されるすべての情報は、モニターされていますから」

「いいだろう。念のため、実弾装備で離陸する。一時間でフライト・プランを作ろう。電話線やパラボラ・アンテナをぶっ壊《こわ》すだけですむんなら、お安いものさ」

飛鳥は、気象班員を呼び、天候のブリーフィングを受け、本土へのフライト・プラン作成にかかった。

この手のテロリストに対して必要なのは、武器じゃなくプログラマーだという気がしてならなかったが……。


ニューヨークでは、すでに日付が変わっていた。

TOPSのオペレーション・センターは、深夜とは思えない喧騒《けんそう》の中にあった。

「シティバンクの二四時間サービスのキャッシュ・ディスペンサーが止まっています。これはワールドワイドでの故障です。保守センターのシステム・マネージャと電話で話しましたが、まだ侵入された形跡は発見できないとのことです。復旧の見込みはありません」

スカリー捜査官が、新たに持ち込まれたホワイト・ボードに、報告されたコンピュータ・トラブルと思われるケースを一件一件書き込みながら告げた。

「グッドタイムス・メールによるフレーム発生はピークを過ぎつつあります。現在、国内の一二パーセントのプロバイダが、サーバ負荷でダウンしています。明日午前いっぱいの復旧は見込めません」

「NSAは、停止した発電所三カ所にスタッフを派遣して、原因調査に乗り出しました。侵入方法が解れば、対抗プログラムの開発も可能です」

「どのくらいかかる?」

アッカーマン局長が、モルダー大尉に質《ただ》した。

「最短で一週間ぐらいかと」

「世界は滅亡した後だ。明日はどこを殺《や》られると思う?　クレジット・カードだ。銀行のオンラインが停止し、クレジット・カードが殺られるとなると、市民は、いつもより余分な額の現金を持ち歩く羽目になる。市民だけならまだいい。企業も同様の措《そ》置《ち》をとらざるを得なくなる。マネーサプライが崩壊するぞ。株だって……」

「シティバンクへの攻撃は痛かったですね。むしろ株式市場の崩壊のほうが心配です」

「少なくとも上がる理由はないな。ま、それは財務省である私の仕事だ。マーケットが開かれるまで、打てる手を打とう。ちょっと私は失礼させてもらう。電話を掛けまくらなきゃならない」

アッカーマン局長は、喋りながらもう腰を上げていた。彼の手元には、ほんの二時間で、二センチの厚みに達するレポートが届いていた。

最初はタキシードのタイを外《はず》すぐらいに留《とど》めていたが、今はもうカジュアル・ウェアに着替えていた。

局長は、席を立ちながら、回想録でも書かされる羽目になるかも知れないなと思った。

私は、たった二時間で二センチの厚さに脹《ふく》れ上がった報告書の束を揃《そろ》えながら席を立った……。

部下には、報告書の出所とレポート者の氏名、時刻を必ず記入するよう命じた。

これから、その記入がないレポートは突き返すことにする。ＴＯＰＳ発足以来、あらゆる記録はイントラネットを通じて行なわれていたが、一夜にして七〇年代のオフィスへ逆戻りしていた。

私は、ネットワークを経由してのあらゆる情報のやりとりを禁じた。すべての情報は、有線の電話により、やりとりするよう命じた。

われわれは、NSAの基準を採用した厳《きび》しいファイアウォールでイントラネットを守っていたが、それすら信じられない状況に陥《おちい》っていた。

私の部下は、皆、三五歳以下、平均年齢は三〇歳に満たない。もしTOPSにいなければ、敵に回っていたかも知れない若者たちばかりである。

株式マーケットから、医療、原子力発電に至るまで、国家の命運どころか、世界同時不況の引き金を引きかねないこの事態に立ち向かう彼らは、あまりにも若くて未熟だが、彼らの技術とプライドを頼るしかないのだ……。

もし、これがハッピーエンドで終わるのであれば、こういう悲観的な出だしも悪くないとアッカーマンは思った。

モルダー大尉は、会議室のテーブル上に散らかったレポート用紙の束を捲《めく》りながら、時々、「これ何て読むのかしら……」とぼやいた。

もっぱらネットワークとキーボードを叩き続けた世代は、手書きのメモなど書く術《すべ》を忘れていた。

「フォックス、ホワイト・ボードの貴方の字もひどいものよね……」

「僕が大学を出る時点で、卒論はフロッピー提出だった。最後に手書きの手紙を書いたのは、たぶんハイスクールのころだと思うな。君ら軍隊では、手書きの礼儀って、まだ残っているんだろう？」

「ええ、戦場で部下が戦死した時はね、上官は、遺族に電子メールで状況を話すというわけにはいかないのよ。きちんと手書きで、落ち着いた便箋《びんせん》を使い、勇敢なるご子息は、わが国家のため、戦場において云々《うんぬん》ってね。手書きで書かなければならないのよ」

「手書きの風習って、この後も残ると思うかい？」

「パルプが生産される限りはね。でも、文化としてではなく、それこそ一部の風習としてでしょう」

「そうだろうな……」

「〝ケビン〟に関して何か解った？」

「全部の検索サイトを当たった。一番多いところで四〇〇件ある。ひとつずつ潰《つぶ》していくしかないな。臭いのは何件かある」

「たとえば？」

「稀代《きだい》のハッカーにして、今連邦刑務所で終身刑に服している天才ハッカー、ケビン・ロバートソン。彼を支援する、あるいは彼の活躍に関するホームページ。連中は彼の救出を求めているのかも知れない。それからこういうのもある。〝ケビン・ウォッターズの想い出に寄せて〟というページだ。半年前、パイプ爆弾製造中に事故死した高校生のメモリアル・ホームページ。彼の遺族は、ここでインターネットの内容《コンテンツ》の規制を求めている」

「どうして？　男の子って、みんな誰でもパイプ爆弾を作って遊ぶんじゃないの？」

「僕は遊んだ覚えはないよ。まあ、花火の改造ぐらいは楽しんだけどね」

「だから、それをパイプ爆弾遊びって言うんでしょう？」

「とにかく、このケビンは、ワルガキ仲間に誘われて、友人宅の納屋《なや》でパイプ爆弾を製造中に誤爆、上半身をミンチにされて死亡した。半焼した納屋から、プリントアウトした製造方法に関するテキストが見付かったが、それはインターネット上に公開されているものだった。彼の遺族は、ケビンの名を冠したホームページで、インターネット上から、犯罪を唆《そそのか》す内容、危険な行為を扇動する内容のコンテンツを規制する法律を求めている」

「ああ、あの事故ね」

テレビ・ニュースで、悲嘆にくれる両親が、その情報を掲載していたヨーロッパのプロバイダを訴えるというニュースを、見た記憶があった。

「その事件、親族に有名人とかいなかった？」

「ちょっと、フーズフーのサイトで検索掛けてみるよ。芸能人か何かかい？」

「いえ、そうじゃなくて、何か皮肉な出来事とか……、どこかのニュース・サイトで読んだような記憶があるんだけど、どこだったかしら……」

モルダー大尉は、どうしてもそれを思い出せなかった。

スカリー捜査官は、迂回《うかい》路を二つも嚙《か》ませた回線でインターネット接続していた。自分のデスクではなく——そこには紙のメディアを置くようなスペースがなかった——、会議室のテーブルの上の一二インチ画面のノートパソコンでアクセスしていた。

「彼は、探してもらいたがっている。犯罪者心理の一つだね」

「それは、何かを意味するの？」

「ああ、とても重要なことだ。犯人は独《ひと》りよがりでもなければ、サイコパスでもない。自分の行ないに、戸惑《とまど》いと後悔と罪の意識を持っている。そこが、ユナ・ボマーと違うところだな」

ポスターサイズに引き伸ばされて、オペレーション・センターとの衝立《ついたて》に貼られた、犯行声明文を眺めながらスカリーは言った。

「じゃあ、これは全部信じていいの？」

「ＮＳＡ的発想なら、これはハッカーグループの囮《おとり》だと考えるかも知れないが、ＦＢ

Iの手法から言えば、これは信用してよい」

「じゃあ、ケビン・ロバートソンの名前は消えるわけね」

「そうだな。その線はしばらく脇へ置いていてもかまわないだろう。ああ出て来た。ウォッターズの祖父が有名人だ。パット・ウォッターズ、ミシガンきっての富豪にして、メディア王、ミシガンと、その周辺において、新聞、電話などの通信事業を営《いとな》む」

「ああ、思い出した。それで、皮肉だという意見が上がったのよ」

「何が皮肉なんだい?」

「彼らは、長い間、通信事業を独占してきた。インターネットという非独占型メディアが現われ、それによって孫を失う羽目になったのは皮肉だと、そういう見方がどこかで流れていたのよ」

「フーズフーの彼の項目に面白い解説がある。メディア王でありながら、大のジャーナリスト嫌い。一方、市民運動の熱心なサポーターでもあり、市民運動家にして、MADプログラムの生みの親、ミルトン・R・セトルズは、彼の無二の親友でもある……」

「なんてこと……」

モルダーは、弾《はじ》かれたように立ち上がった。この接点の偶然は、とても看過《かんか》できるものではなかった。

「すぐ、ウォッターズ周辺を洗い、拘束《こうそく》する準備を命じてちょうだい。私は、セトルズに会って来るわ」

「頼む。僕はアッカーマン局長の耳に入れておくよ。彼なら、少なくとも資金は潤《じゅん》沢《たく》にある。それに、僕らがどう動くかも知っていたんだ」

モルダー大尉は、玄関にパトカーを回させると、携帯電話とサブノート・パソコンを抱えて飛び出した。


ラトウィックことマーガレット・タライアは、MS－DOSの上で作業していた。彼女がウインドウズ・マシーンを使うのは、インターネット・ブラウザを使う時だけだった。

しょうがないわねと思いながら、セトルズが拘留されているFBI支局へ電話を入れ、ウインドウズ・パソコンを起動して、ある秘密のサイトへ入って、セトルズが入って来るのを待った。


セトルズのほうは、すでに、とっくに留置場の消灯時間を過ぎ、彼自身も浅いまどろみの中にあった。

マグライトのビームを顔のあたりに当てられ、彼の身体のふた回りはありそうな体格の夜警の女性に起こされた。

「いつもの場所で待っている。ラトウィックより。そういう伝言よ」

「いいのかい？　取り次いだりして？」

「もちろん、ＴＯＰＳにお伺《うかが》い立てたわよ。あんたの解放を願って、今でも一〇〇人のハッカーどもが玄関でピケだのハンストだのと騒いでいるんですから。こっちは警備を三倍にしなきゃならないし、迷惑してんのよ」

「あの、奥さん《ミセズ》……」

「失礼ね。まだ独身よ。メアリーと呼びなさい。あんたみたいな有名人なら、ファースト・ネームで呼ぶことを許してあげるわ」

　セトルズは、暗がりの中で老眼鏡とダイナブックを探した。

「ああ、じゃあメアリー、頼むから撲《ぶ》たないでくれよ。私が初めて豚箱に放り込まれた夜、看守らにマグライトのビームで起こされた。三〇分にわたって殴《なぐ》る蹴《け》るの乱暴を受けてね。前歯を二本折った」

「時代は変わったわよ。私の親兄弟は、ずっとそういう仕打ちを受けてきたんですからね」

　暗がりでよく解らなかったが、彼女は黒人のようだった。

「あのころは若さで我慢もできたが、この歳になって暴力を振るわれるのは、いたく自尊心が傷つく」

「よく言うわよ。あんたみたいな猛者《もさ》が」

セトルズは、必要なグッズを持って、昨夜、モルダー大尉と話した取調室へと入った。

「もうすぐあの女士官も顔を出すそうよ」

「今、何時なんだい？」

「二時を回ったわ」

「事件でもあったのかい？」

「さあ、あたしはカントリー・ミュージックのラジオをずっと聞いているだけだから、一二時回ってから、テレビ局の連中がやって来て、表に屯《たむろ》している連中に、インタビューして行ったみたいだけど」

「解った。ああ、ところで、擦《す》りガラスの向こうで誰か見物していたら、言っといてくれ。パソコンに向かってぶつぶつ喋るかも知れないが、べつに気がふれたわけじゃないからって」

「こんな時間に誰もいやしないわよ。用があったら、ラジオの音を頼りにそこの角を曲がりなさい。お茶は出ないわよ」

扉が閉まると、セトルズはさっそくダイナブックのスイッチを入れた。起動するまでの間に、デジタル電話とパソコンを繋ぐ。

ウインドウズ画面が起動すると、すぐ、インターネット・フォンを起動した。

インターネット・フォンは、事実上の電話のタダ掛けを実現するシステムだった。

ユーザーは、市内通信料金を払って自宅に一番近いプロバイダのアクセス・ポイントに接続し、インターネット・フォンをサービスしているサイトへ飛ぶ。

別の場所からそこに集まって来る見知らぬ相手と喋るもよし、あらかじめ時間を示し合わせておいて、特定の相手と話してもよい。

インターネット・フォンを使えば、距離はまったく関係ない。国際電話も掛け放題、市内通話料金で喋ることができた。

「待ったかい、マーガレット？」

「おはようと言っていい時間かしらね」

セトルズがダイナブックの内蔵マイクに向かって喋ると、内蔵スピーカーからは、がさがさ音がした。スクランブルを掛けているせいで、音質はよくなかった。

「具合はどうだね？」

「ええ、落ち着いているわ。この歳になると、じっと死を待つというのも、なかなかいいものよ。人生の最後に、ほんとに生きているって実感できるわ」

「何か起こっているのかい？　マーフィ・グループは暴走したのかい？」

「ええ、誰かに雇われて、暴走したらしいわ。例のチェーン・メールを辿って行ったら、一本とんでもないジーンに突き当たったのよ」

「ジーン？　ああ、ジーンね」

タライアは、ラトウィックの猫が辿り着く最初の源流を、種子《ジーン》と呼んでいた。チェーン・メールをばら撒《ま》く連中は、彼女に言わせれば種子を蒔く人々だ。

雑草という草はないというのが、市民運動家としての彼女の立場だったが、この雑草は、単なる害草だった。

「誰なんだ？」

「パットよ」

「パット？　どこのパットだい？」

「パット・ウォッターズよ。パットのＩＤで一〇本あまり出されているわ」

「ばかな……。誰かパットのＩＤをハッキングしたんじゃないのか？」

「そうは考えられないわ。リプレイがウォッターズの下に届いていて、悪いとは思ったけれど、ちょっと覗いてみたら、彼、それ全部読んでいるのよ。何かの意図があってばら撒いたとしか思えないわ」

「おかしいじゃないか。それが彼にとって何の利益になるんだ？　だいたい彼は、〝ラトウィックの猫〟の存在を知っている。どうしてほんの数時間で——」

「一二時間よ。貴方がコンタクトを遣す前に、猫はネズミを追っていたんですから。彼は私が探り当てることを知っていたのよ！」

「なんてことだ……。彼は今どこにいるんだ？」

「私にハッカーの真似事《まねごと》をさせたい？」

「いや、いや。ちょっと待ってくれ。今モルダー大尉がこっちへ向かっているらしい。原因は、やっぱりケビンの件かな」

「まあ、そう考えるのが自然ね」

　ドアがノックされ、モルダー大尉が姿を見せた。走ったらしく、肩が上下していた。

「すみません、タライアさん？　ＴＯＰＳのオペレーション・センターに入っていただけませんか？」

「お断わりよ」

「では、こちらの連絡員と、貴方の健康状態をチェックするために、医師の派遣を許可してください」

「連絡員という名のスパイはごめん、私の主治医は、自分以外が患者に指図《さしず》することを嫌うの」

「ではせめて看護師を受け入れてください」

「けっこう。その必要はありません」

モルダーが渋い顔をすると、セトルズは、両手を開いてほっとけと仕草《しぐさ》した。

モルダーは、副大統領宛に届けられた、〝ケビン〟を名乗る犯人からの声明文のコピーをテーブルに置いた。

「セトルズさん。ケビンという名前で、パット・ウォッターズの名前が出て来ました。最後に彼とお会いになったのはいつですか？」

「ネットでかね？　実際に？」

「両方です」

「ネットで会話したのは、一カ月前、友人のパーティの義援金《ぎえん》のことでだ。会ったのもその時。タライアも一緒だった。変わったところはなかった。宣誓供述書としては、そんなところだな。とくに付け加えることもない」

「彼が黒幕ですか？　ネット社会への報復？」

「私の知る限り、彼ほどネット社会を正しく理解している人間はいない。接触したかね？」

「今、ＦＢＩが行方を追ってます」

「彼はミシガンにはいないわ」

タライアが口を挟んだ。

「どこにいるんだい？」

「それはちょっとね……」

「ちょっと待ってくれ」

セトルズは、マイクのパワーを切った。

「つまり彼女は、今やばいことをやっている。カード会社のサーバに潜《もぐ》り込み、最後にクレジット・カードが使われたのは、いつの、どこでかを調べている。明白な違法行為だ」

「彼女はＦＢＩの捜査に協力中です。免責されます」

「タライアの人生に汚点を残すことになるな。よりによってＦＢＩなんかに協力するなんて」

セトルズは、再びマイクにパワーを入れた。

「マーガレット、適法だそうだ」

「ラスベガスのヒルトン・ホテルで、二四時間前使用されたっきり。チェックアウトよ。その後は解らない。飛行機のチケットとか当たってみたけれど……」

「パットは自家用ジェットを持っている」

「運航記録を洗います」

モルダーは、壁の電話に取り付いて必要事項を伝えた。

「でもなぜ？」

「なぜ？　報復する理由かね？　それとも足を残す理由かね？」

「両方知りたいですけれど、まずは足を残す理由です。彼は、クレジット・カードを使えば、足が付くことを知っているんでしょう？　インターネットで〝ケビン〟と検索を掛ければ、自分のところに辿り着くことも知っていて、わざわざサインを残した。〝ラトウィックの猫〟が走り回ることも。まるで、捕まえてくれと言っているみたいじゃないですか？」

「それなら自首すればすむことだ」

「彼は時間を計っているみたいね」

タライアが言った。

「私たちが、どのくらいの時間で、どこまで辿り着けるかを計算しているわ」

「おかしいじゃないですか？　彼がマーフィ・グループを雇ったのであれば、偽造カードの入手だって簡単なはずです」

「もし時間を稼ぐつもりなら、その手も使うでしょうね」

「彼を追うのは無意味だ」

「どうして？」

「囮《おとり》だからさ。彼は自分で囮の役目を果たそうとしているのかも知れない。気をつけたほうがいい」

「ネットワークのせいじゃないわ、子供が死んだのは。毎年、数十人の子供たちが、パイプ爆弾作りの事故で死ぬんですよ。そんなこと、いちいちネットワークのせいにされても……」

「理由がほしかったんだろう。憤《いきどお》りをぶつける相手が。いずれにせよ、間違った判断だが……。君たちのエネルギーを喪失しない程度に留《とど》めたほうがいい」

「何か解ったり、思いついたりしたら、すぐ知らせてください。夜が明けたら、マーケットは崩壊し、世界経済の足を引っ張ることになるかも知れないんですから」

モルダー大尉は、五分とその場にいることなく席を立った。

せめて、セトルズ逮捕を明日にしておけばよかったと後悔した。それはそれで、彼らの協力が得られたかどうかは疑問だったが。

彼女がパトカーに乗り込むころには、ウォッターズのリア・ジェットが、オアフ島に着いていることが解った。

ブルドッグは、エプロンから滑走路へと出ようとしていた時、管制塔からスタンバイで呼び戻された。

エンジンを切るよう求められ、ジープが近付いて来て、歩巳と飛鳥を回収した。

「衛星電話だって、無線だってあるじゃないかよ……」

「どれも安全とは言えないということでしょう」

ブリーフィング・ルームで、東京の鳴海審議官が電話口に出ていた。

「呼び止めてすまない。ＴＯＰＳからの依頼で……、そこで待機してくれ。ハワイの名が出て来たらしい」

「ハワイ？　ハワイへ飛べというんなら歓迎しますよ。ここよりはましだ」

「いや、そうじゃない。ハワイから、どこか南洋へ飛んだ可能性がある」

「敵は飛行機を持っているんですか？」

「ああ、それは今ハワイにいる。ハワイを経由し、別の手段でフィリピンとか、あるいはほかの小さな島国へ飛んだ可能性に備《そな》えてということだ。君らがハワイへ飛ぶことはないだろう」

「搭乗員を降ろしていいですね？」

「ああ、だがすぐ離陸できるよう準備はしてくれ」

「南洋の気象データを調べておきます」

鳴海審議官は、夕刻の退庁時間になったのに気づき、「店屋物《てんや》でも取るかい？」と須米等木に尋ねた。

「ああ、いいですね。お願いします」

鳴海は、夕刊にひととおり目を通し、細切《こま》れに届けられるTOPSの電話の受け答えをしているだけだった。

コンピュータが相手とあっては、彼も飛鳥同様、まったく身動きがとれなかった。

「自動販売機の件、何か解ると思うかね？」

「解っても一週間後でしょう。プログラムのどこが書き換《か》えられたかを探し出さねばなりません。連中にとっては、ほんのお遊びです。誰が傷つくとか死ぬとかいう問題じゃないですからね。これからもっとひどくなります。連中は、世論の反応を楽しんでいる」

「日本の中から、日本人がやったということかね」

「プログラムの中身自体は、英語ですからね。アメリカ人だって可能でしょう。でもまあ、日本人でしょうね。きっと、煙草が嫌いなサイバー・テロリストの仕業ですよ。僕も一度やってみたいと思ってました。煙草の自販機を止めるのを」

「煙草の煙が駄目なのかい？」

「コンピュータ関係には煙草嫌いが多いですよ。煙草を吸わないのを通り越して、嫌いだというのがね。機械によくないんです。ハードディスクの熱を逃すために、ファンが回るんですが、煙草の脂《やに》はフィルターを擦《す》り抜けてディスク表面に固着し、クラッシュの原因になります。喫煙者を呪《のろ》っている人間は少なくないですよ」

「われわれにできることがあればいいんだがね」

「普通の公衆回線からだと、われわれはお手上げです。プログラムに時限爆弾を仕掛けておけばいいんですから。私がいた別室のエリント網も、もっぱら空中を飛んでいる電波が相手なら強いんですがね。有線の電波の流れを盗聴することは、総務省にもNTTにも許されていません。裁判所の許可が必要ですから」

「君がもし、マーフィ・グループから日本のセクションを任《まか》されたらどうする？」

「まず、日本からはアクセスしません。いずれは足が付く。公衆回線はデータ送信量も限られるし、私なら、衛星を確保しますね。全地球規模の」

「利用者が限られるから、案外簡単に辿れるんじゃないのか」

「そのシステムを熟知している者にとっては、安全に、大量のデータを瞬時にやりとりできる。どこかで中継衛星に割り込むことができれば、タダ掛けし放題。有線電話の逆探知は簡単です。でも衛星はそういうわけにはいかない。それに、通信用衛星を使うとは限らない。すべての人工衛星は、地上とのデータ通信システムを持っていますからね。気象衛星を使うかも知れないし、地球観測衛星を使うかも知れません」

「じゃあ、パラボラ・アンテナとかあるんだね？」

「ええ、それが唯一《ゆいいつ》の弱点です。でも、テレビ局のデータ通信用アンテナとかなら疑われない。今時、ちょっとした会社でも屋上にパラボラを載《の》せていますからね。意外に堅《かた》いですよ、衛星を使うのは。ある程度技術が高《こう》じると、公衆回線のスピードや容量は耐えられないですからね」

「どうすれば、彼らを発見できる？」

「狙《ねら》われそうなところで、網を張って待っているしかない。でも、そういうプログラムを組むのには時間がかかりますから。今からでは間に合わないかも知れません。ご自宅へ帰られてもけっこうですよ。ここでできることは、ほとんどありませんから」

「ああ、まあ今からインターネットの本を読んでも仕方がないとは思うんだがね。ＦＢＩも皮肉なもんだな。逮捕した相手から協力を得なければならないなんて」

「あれは気の毒でした。セトルズにとっても、ＦＢＩにとってもね」

「アメリカにいるころ、パーティですれ違ったことがある。プログラマーでもないのに、そんなに凄いのかね」

「マジカル《M》・エンコード《A》・ディフェンス《D》・プログラム。奇跡の防衛暗号システム。彼は茶目っ気のある人物でして、ＭＡＤプログラムと名付けましたが、たぶん、ＮＳＡが持っている最高のスーパー・コンピュータを用《もち》いても、解読に一〇年はかかるでしょう。簡単で、プログラムのサイズも小さく、なお解読できない。私も愛用してますけれど、道端《みちばた》で落としても解読される心配がないというのは強いですよ。極端な話、部屋の鍵を落とそうが盗まれようが安心なんですから。日本ならともかく、アメリカ政府が怒るのは当然です。マフィアは、帳簿類を全部廃止し、MADプログラムで鍵を掛けて移動や閲覧《えつらん》をするようになりました。FBIもお手上げですよ。そこに資料があるのに、覗《のぞ》けないんですから。セトルズだって、そんなに嬉《うれ》しくないのは同様です。そういった連中に悪用されるのは百も承知で公開しちゃったんですから。アメリカって、時々ああいう人材が現われるところが凄いんですよ」

鳴海は、それから見よう見真似の仕草でインターネットにアクセスし、TOPSのホームページを覗いた。グッドタイムス・メールスに関する警告が載っていた。

CNNインタラクティブのホームページに飛ぶと、アメリカ本土は深夜のはずなのに、副大統領宛の電子メールが全文掲載されていた。

犯人は、少しずつマスメディアにも犯行声明を出し始めた様子だった。

モルダー大尉がオペレーション・センターに帰ると、スカリー捜査官が受話器を肩に挟んでメモを取っていた。

隣の受話器を取ってモニターしろと、合図した。

「……民間空港だって？」

「いや、民間空港というより、民間所有の滑走路といったほうがいい。今、パトカーを向かわせている。到着まで二時間かな。どうせ夜は無人だよ。飛行機がいるかどうかぐらいは解るだろうが。ウォッターズなんてじいさんの名前は、聞いたこともない。本当にこっちへ来てんのか？」

「飛行機がそっちへ向かったのは間違いない。まずパイロット・クルーを確保してくれ」

「もし、ウォッターズ本人がいたらどうするんだ？」

「しばらく監視するだけでいい。まだ直接証拠が出たわけじゃないんだ。何もかも状況証拠だけだからね」

　スカリーは、受話器を置くと、「リア・ジェットが見付かりそうだ」と呟いた。

「オアフへ着いた後、ハワイ島の、プライベート・ランウェイに着陸したらしい。過去の飛行記録データがこれだ」

　ＦＡＸの束が、彼の足元の床を埋めていた。

「何かあって？」

「ハワイに飛んでいる。それも頻繁《ひんぱん》に。先月だけで四度も往復している。ああ、それから息子夫婦が捕まったよ。今自宅で尋問を受けている。どうやら無関係らしい。じいさん一人でやったことだと見ていい」

「彼が黒幕ならね」

「まあそう判断していいだろう。彼のオフィスのシステムを立ち上げたんだが、ＭＡ

Dプログラムで鍵が掛けてあった。そっちはたぶんお手上げだな。だいたい、開発した人間にも解読できないようなシステムなんて、もうシステムとは呼べないよ。セトルズは越えてはならない一線を越えたんだ」

「セトルズがいなくても、今度の事件は起きたのよ。どうする？　ハワイへ飛ぶ？」

「いや、FBIアカデミーの同期がいる。僕らが向こうへ飛ぶという形で時間を失いたくない。場所が解って踏み込めるようなら、すぐにもSWATを派遣させる。タライアさんにさっき電話を掛けて、ハワイ方面を重点的に調べるよう頼んでおいた」

「NSAもごく少数だけど部隊がいるわ。警報を出しましょう。衛星かしら？　海底光ファイバーかしら」

「もうじきはっきりするさ。それに、案外簡単に片付くかも知れない」

「どうして？」

「ハワイならさ、人口も少ない。経済規模もほぼ無視できる。つまり、あそこはもともと孤立していて、いざという時は、そのまま孤立させられるということさ。あらゆる電波発信を停止させればいい。有線電話から何もかも。ハワイを孤立させれば、連中には手も足も出ない」

「そんなことは不可能よ。連中は軍のシステムにだって侵入するわ。それこそ、彼らの思うツボよ。十重二十重《とえはたえ》の通信システムがあって、ハワイの上にだって、数十もの衛星が上がっているんですから」

「まあ、でも、数時間でここまで解った。ネットワーク時代の恩恵だよ。こんなこと、一〇年前なら、ひと晩寝てという羽目になる」

「おかげで寝る暇もないわ……」

「われわれは、ウォッターズの半歩ぐらいは先に行っている。しょせん彼にとっては、マーフィ・グループもただの道具にすぎなかったのさ。適当に世間を驚かせて、教訓を与えたつもりで、本人は、おとなしく捕まるつもりだろう」

「ならいいけど、マーフィ・グループだって、おめおめと利用されるほどバカじゃなくてよ。彼らは侵入して破壊はしたけれど、まだ本物のウィルスすらばら撒いていないんですから。敵の前線は、どこにでも現われるということを覚えておいてね。私たちには、前線が見えないんですから」

サイバー・テロリズムの最大の利点は、前線をどこにでも築けることだった。

そこでは、防御する側の前線が意味をなさないのだ。

4章　フロントライン

ＦＢＩのモーリス・ダンジガー捜査官は、ヒッカム空軍基地へと向かうバンの後部座席で、ホットドッグの包みを開いた。

「君も喰うかい？」

「かんべんしてよ。これから飛行機に乗るのに……」

ハワイ州警察組織犯罪部のヒロコ・ロータス警部は、機密のスタンプが押された報告書を捲《めく》りながら首を振った。

「アキラはどうしたんだい？」

「まだ母が起きていたんで、頼んできたわ」

「この先、ずっと独身を通すつもりかい？　父親がいても損じゃないと思うよ」

「あら、口説《くど》いているつもり？」

「いや、子供のことでてんてこ舞いしていると聞いたからさ」

「だいぶ落ち着いたわよ。それに、一人暮らしも悪くはないと思いつつあるから。ベビーシッターはいることだし。貴方、何もこぶ付きを口説くことなくてよ」

ヒロコ・ロータスは、少々性格がきついことを除けば、モデルとして通用するような美貌の持ち主だった。

東洋系とは思えないつんと尖《とが》った鼻すじの持ち主で、ハワイ州立大学在学当時は、事実モデルのアルバイトをしていた。

彼女がピストルを抜くシーンは、まるで映画のようで、ココ・ビーチで大捕物《おおとりもの》を演じた時には、映画の撮影だと勘違いした日本人観光客からサインを求められたほどだった。

「何なの？　このレポート」

「一九九五年に、ランド・コーポレーションが出したレポートさ。サイバー・ウォーに関して研究された、初の本格的報告書とされている」

「ソヴィエトが崩壊した後は、低強度戦争《LIC》で、この次はサイバー・ウォー？　来年の今ごろは、校内暴力と闘《たたか》うんだとか言っているんじゃないの？」

「まあね、予算はどこでも必要だからさ。笑っちゃう部分はあるよ。そのレポート、機密扱いだけど、全文がランド・コーポレーションのホームページから読める」

「で、何が問題なの？」

「前線《フロントライン》に関する項目さ。つまり、これまでの戦争と違うのは、前線が不在だってことさ。低強度戦争も、前線が不明瞭な部分があったが、今度はさらに解らなくなった。ニューヨークの町中から、モスクワの電話網を破壊できれば、北京《ペキン》からハワイのコンビニの在庫管理システムを破壊することもできる。敵はそこいらじゅうにいるけれど、われわれの身体はひとつ。しかも、同じ通信インフラを利用している。後ろに気を付けろってやつさ」

「シティバンクのCD、夕方までに回復してくれるかしら?」

「君んとこは何かなかったの?」

「州政府に銀行が二軒泣きついて来たって聞いたわ」

「銀行が?　どうして」

「もしこのままサイバー・テロリズムが進めば、クレジット・カードが直撃される。そうすると、人々は現金しか信用しなくなる。コンビニや土産物屋《みやげ》でクレジット・カードが使えないというだけでも大打撃なのに、夜明けとともに市民が銀行の窓口に押し掛けて、いつもよりちょっと大目に現金を手元に置いておこうと考えてごらんなさい。金融パニックや取り付け騒ぎが起こるわ」

「どうするんだい?」

「さあ、ニューヨークやワシントンが先に夜明けを迎えるんですから、大陸次第《しだい》よね。どっちにしても、経済に大打撃を与えるのは避けられそうにないわ。日本人の間では、もうクレジット・カードが使えなくなるというデマが乱れ飛んでるんですから。ウォッターズに関する情報は?」

「彼が資本参加している会社は、ハワイにはたぶんないだろう。何も接点がないからこそ、ここを選んだんだと思う」

ロータス警部は、レポートを閉じて顔を上げた。

「笑っちゃうわね。軍隊の新しい役割だなんて、戦闘機や潜水艦や戦車で、どうやって電話線の中の敵と闘うのよ」

ヒッカム空軍基地のゲートを潜り、バンはエプロンでエンジンを回すT－1Aジェットホーク輸送機の隣で停《と》まった。

キャビンに乗り込むと、陸軍の制服を着た少佐と、Tシャツ姿の顎鬚《あごひげ》を生《は》やした東洋人がいた。

「紹介しよう。NSAのロイド・マクジョージ少佐と、ハワイ大学で電子工学を教えているサミー・ワン教授だ」

まだ四〇代前半に見えるサミー・ワンは、椅子の上でサブノート・パソコンを開き、携帯電話に繋いでいた。

「二人とは、軍が行なったワイアード演習で知り合った」

「ワイアード演習？」

「そう。中東の某国から、サイバー・ウォーを仕掛けられるというシナリオのシミュレーション演習だ。CIA、FBIが参加した。ワン教授はCIAのアドバイザーも務《つと》めていてね」

二人が乗り込むと、ラダーが引き揚げられ、ドアが閉じられた。

「モーリス、ちょっといいかな。私から段取りの説明を」

マクジョージ少佐が通路に身を屈《かが》めて喋《しゃべ》った。

「まず、捜査指揮権は、FBIが執《と》るので、NSAはあくまでも助言を与えるという形になります。ワン教授も同様です。現地の警察は今どのあたりまで？」

「その滑走路は遠いんです。ほとんどプライベート・リゾートの中にあるので。マウナ・ケアの麓《ふもと》なんですが、先日の豪雨で橋が一本流されて、迂回《うかい》路を使うしかないんです」

「解った。海軍の駆逐《くちく》艦が間もなく出ることになっている。まあ、とても間に合わないが、空軍の電子戦情報収集機《エリント》はすでに離陸した。もし、そこの近くに衛星などを利用した電波発信があれば、漏れ電波を拾えるかも知れない」

「われわれは、ホノルル市警察のSWATを待機させました。一緒に連れて来ようと思ったんですが、モーリスに止められまして」

「賢明な判断です。警部、サイバー・ウォーで最大限留意すべきことは、敵はフロントラインを変幻自在に選べるが、われわれには選択権がないことです。ハワイ島にわれわれを集めておいて、ラナイやモロカイ島あたりに基地を作っているかも知れない。

どこへでも臨機応変に動ける術《すべ》を確保しておくべきだ」

まるで、さっき読まされたレポートの受け売りみたいな台詞《せりふ》だった。

「では席に着いてくれ。飛びながら話そう」

全員がシートに着いてベルトを締めると、ヘッドセットが配《くば》られ、ジェットホークは、滑るように離陸して行った。

「それで……」

ダンジガー捜査官は、耳抜きのために喋りかけた言葉を呑《の》み込んだ。

「その、概要ですが、こちらもほとんどまともなものは届いていません。私のアカデミー時代の友人がＴＯＰＳに配属されて、この事件の捜査に当たっていました。ＴＯＰＳは、これをきわめて深刻な事態であると認識しています。サイバー・ソサエティの崩壊の引き金になりかねないということです」

「同感だな。たった一日、株式マーケットが混乱するだけで、経済成長の足を引っ張る。投資家に警戒感を与えることになる」

ロータス警部の後ろに坐るワン教授が言った。

「いろんなネットワーク・サーバの開発元は、セキュリティ部分の大幅な仕様変更を迫られ、しばらく石器時代へ逆戻りだ。この事件のおかげで、ネットワーク・セキュリティは改善されるだろうが、いずれにせよ厄介なことだな。だが、こういうことでもないと、ドライバーはシートベルトを締めようとはしないものだ」

「それで、脅迫文をテレビやラジオでお聞きになられたかも知れませんが、〝ケビン〟というサインがあります。捜査線上に浮かんだのが、パイプ爆弾の事故で死んだ、ウォッターズの孫でした。しかもウォッターズ自身は、この世界に非常に理解のある人物だったと聞いてます。その反動ではないかということです」

「ああ、そういえば、軍のファイルの中に、彼の専用機のパイロットの名前があった。海軍の元イントルーダー乗りで、ハワイの空域に関しては、ある程度知識があると見てよいだろうということです。ロータス警部、その滑走路周辺には町とかあるんですか？」

「ゲストハウスがあるようです。そこにいなければ、ハワイ島のリゾート施設を片っ端から洗うしかないですね」

「念のため、空軍のジェット輸送機を二機待機させるよう手配しました。もし、上からの命令があれば陸軍が特殊部隊を出すことになるが、現状では私は、それはまずいと具申しました。あくまでも、われわれは裏方に徹したい」

「お気遣《きづか》いありがとうございます。ところで、ＣＮＮでは、ＴＯＰＳが逮捕したセトルズの協力を得ているように言ってましたけど、本当なんですか？」

「さあ、それはＦＢＩに答えてもらうしかないな。ＮＳＡとしては、何とも答えがたい」

「どうなの？　モーリス」

「そうらしいんだ……」

　モーリスは、ばつの悪い顔だった。

「解っているんでしょうね。われわれがMADプログラムのおかげでどれほど煮え湯を飲まされたか？」

　ロータス警部のグループは、一度ならずMADプログラムによって守られたデータの壁にぶち当たって、捜査を中途半端な形で投げ出す結果になっていた。

「FBIの中はそうだよ。だからこそセトルズを逮捕したんだ。だけどさ、TOPSの利益とわれわれの利益は違うだろうから……」

「そんな言い訳が許されるんなら、私たちは日本のヤクザを警官として雇えるってことじゃないの……」

「まあ、それはそれとして、きちんと彼が起訴されることを祈ろうじゃないか？　われわれにとっては、ああいう輩《やから》は、始まりの始まりにすぎない。今後も出てくるんだから」

「セトルズの悪口は聞き捨てならないな、モーリス君。この中で、彼を正しく評価できるのは、私だけかな」

ワン教授が、キーボードを叩きながら言った。

「いいかね、いかなる政府団体にも、令状なしに、個人の封書を開封する権限はない。だが電子メールは、開封した証拠を一切《いっさい》残さずに中身を覗けるし改変もできる。この可能性そのものが、危険で、コストが掛かるものだということをNSAも議会も正しく理解していない」

「先生、その手の講義は、この事件が片付いてからお伺《うかが》いしますよ」

ダンジガー捜査官が、うんざりした感じでその話を遮《さえぎ》った。


ニューヨークは、午前六時を過ぎようとしていた。

モルダー大尉とスカリー捜査官は、オペレーション・ルームのコーナーに置かれたデジタル・ビデオ・カメラの三脚の前の椅子に、アッカーマン局長を囲むように坐っていた。

「まずいんじゃないですか？　みんなひどい恰好《かっこう》ですよ。ネットスケープ社の開発室のほうがまだましだ」

「まあいいさ。ここは軍隊じゃないし、身なりをあれこれ言える場合でもない」

アッカーマン局長は、背後をひととおりチェックしながら応じた。

「デニス！　そのライトの上でひらひらしている風船を引っ込めろ」

プロジェクターが瞬《まばた》きし、ホワイトハウス地下のオペレーション・ルームが映し出された。

「デビッド、この回線は安全だろうな？」

合衆国副大統領アーロン・ガイガーは、伸びた髭《ひげ》を撫でながら呼びかけた。

「おはようございます。閣下。残念ながら、いかなるクローズド・ネットワークも、現状では安全であるとはとても言えません」

「まあ、いいさ。連中に聞かれたって。奴らは目的を達したと言っていい。それを教えてやるのもいいだろう」

「こちらが、ＦＢＩのスカリー捜査官、こちらがＮＳＡのモルダー大尉です」

「ああ、昨日、セトルズ逮捕に向かった不運なお二人さんだね。インターネットの、いろんなサイトに、君ら二人の写真が貼り出されている。ネット界では大統領より有名だよ。さてと、挨拶《あいさつ》はこのぐらいにして、最新の状況を教えてくれ」

「はい。ウォッターズは現在行方不明です。ハワイへ飛んだところまでは確認されています。ラスベガスで飛行機に乗り込むところを目撃されています。ですから、ハワイへは入っています」

「彼は民主党支持者だ。慈善パーティで何度か話したことがある。非常に聡明な印象を受けたが。間違いないのかね？」

「ひとつ言えることは、彼が自宅やオフィスに持っているすべての電子データに、MADプログラムが掛けられていることです」

「ああ、大きな声では言えないが、デビッド、私も自宅やオフィスの鍵に、MADを使っている。セトルズの友人とあれば不思議でもないと思うが」

「ええ、残念ながら、まだ捜査令状を取れる程度の証拠とは言えません。それが弱いところです。とにかく、当たれるところを当たるつもりです。FBI、NSA、警察の合同チームが、現地へ向かっています。国家安全保障会議が開かれる時間帯までには、第一報が入るものと思われます」

「それだが、時間が早まった。七時には私の主催で会議が始まる。この件に関するすべての処理は、私の下《もと》に一元化されることになった。いいニュースのひとつぐらいあればと思ったが、最悪の事態を想定しなければならない。ハイテク株は投げ売りされるだろうし、影響は株式市場だけではすまない。連邦準備銀行は、預金者の大量引き出しに備《そな》えようと徹夜だった。しかも今後、われわれは、すべての軍用回線の不通も考えなければならない」

「緊急事態管理庁が想定しているアマチュア無線利用による通信しか手はありません。軍の通信のクローズド化は、結局間に合いませんでした。われわれは絶えず正確な情報を積極的に流し続ける必要があります。彼らは、情報が途絶したと見るや、フレーミングを起こして潜《もぐ》り込むでしょう」

「一、正しい情報を素早く大量に送り込むこと……」

ガイガーは、右手をＩＢＭシンクパッドに伸ばして、片手でそれをメモした。

副大統領のキーボード・タイピングは、神の手《ゴッドハンド》として知られていた。

「第二に、ネットワーク利用の抑制《よくせい》です。いかなるシステムにもバグが潜《ひそ》んでいます。それらに対処するために、あらゆるシステムはリセットできます。復旧には時間がかかりますが、永遠に故障しているわけではありません。必要でないお金をおろす必要はないし、一日ぐらいネットサーフィンを休んでも死ぬわけではありません。夕方届くべき電子メールが明後日まで届かなかったとしても我慢すればいい。六〇年代に帰ってみるのもいいでしょう」

「うん。それはいいねぇ。社会防衛のためだ。ウォール街はいい顔をしないだろうが、第二項目としてそれを挙げよう」

「しかし、マーフィ・グループは、持っている力の一〇パーセントもまだ出してはいません。彼らが軍のシステムに侵入した形跡もないし、ウイルスをばら撒いた形跡もない。今、彼らが過去使った手口や、興味を示したクラック方法の洗い出しをやっています」

「それでええと……、これはモルダー大尉のほうが詳しいのかな。〝ラトウィックの猫〟

はネズミを追い詰めているのかね?」

「はい閣下。私たちは、〝ケビン〟のサインからウォッターズに辿《たど》り着きましたが、ラトウィックは、ネズミを捕まえてウォッターズに辿り着きました。確実にネズミを獲《と》っています」

「それはけっこう、彼女によろしく伝えてくれ。『君は断わるだろうが、片付いたらホワイトハウスに招待して、和解のパーティを開きたい』、と」

「は、はい。閣下」

ガイガーは、ベトナム戦争に従軍した一人だが、除隊後はベトナム反戦運動に身を投じたベトナム世代だ。ラトウィックの正体を知っていても不思議じゃないと、モルダーは思った。

「では、デビッド、会議の最中でもいい。ハワイの件で動きがあったら教えてくれ。われわれは、マーケットが開く前に大統領の記者会見を開き、事態の沈静化を図《はか》る。それに合わせて、君のほうでも記者会見を開いてくれ。われわれはこの件に関して、捜査の妨害とならない限り、いかなる情報操作も行なわない。その点を確認しておく。以上だ。サイバー・ソルジャーの諸君。敵の前線を発見し、叩き潰すのだ――」

テレビ電話が切れると、アッカーマンは、ふうーと溜息を漏らした。

「フォックス、ハワイから連絡が届くまで、記者会見の資料を揃《そろ》えてくれ。セトルズとウォッターズの件に関しては触れる必要はない。ウォッターズの名前が出ると思うか？」

「出てもシラを切るしかないでしょう。実際、証拠はほとんどないんですから」

「そうしよう。ＮＳＡの電子情報収集機は、出たんだね？」

「はい。すでにヒッカムを離陸しています。海軍も何機か出しているようです」

「よし、では、しばらく吉報を待つとしよう」

モルダー大尉は、タライアの身体の状態が心配だった。電話を掛けようかと思ったが、機嫌を損《そこ》ねられるのが心配だったのでやめにした。

せめて彼女のアパートの近くに、医療スタッフの派遣を要請しておくことにした。

サイバー・ウォーの前線兵士たちを乗《の》せたＴ－１Ａジェットホーク輸送機は、ハワイ島のヒロ空港へと着陸した。

小雨《こさめ》が降《ふ》っていた。

エプロンで、ヒロ市警察のバンが二台、彼らを収容するために待機していた。

ヒロコ・ロータス警部がタラップを降りると、恰幅《かっぷく》のいい中年警察官が、傘《かさ》を差してロータス警部を抱えるように出迎えた。

「久しぶりだ、ヒロコ。別れたんだって？」

ヒロ市警察署長のヨシヒト・タナカ警視正は、いきなりその話から持ち出した。

「どこへ行ってもその話ばかりね。いろいろとすれ違いがあったのよ」

「子供が大きくならないうちに、再婚相手を見つけてくれよ。でないと私は、安心して隠居できんよ」

「そのうちね」

バンに乗り込む前、ＦＢＩのモーリス・ダンジガー捜査官がマクジョージ少佐とワン教授の二人を紹介した。

「モーリス、ビッグチャンスだぞ」

「事件が？　それともヒロコのほう？」

「両方だと言いたいが、事件を優先させよう」

軽火器で埋まるバンの後部座席に、彼らは向かい合って坐りながら喋《しゃべ》った。

「まず、パイロットは滑走路際のゲストハウスにはいない。アカカ滝のだいぶ向こうなんだ。ほら、タトワイラー牧場の私有滑走路だよ。あそこに降りたらしい。どうする？　もしパイロットを優先したければ、そちらへ回るが？」

「ウォッターズもいないんですね？」

「ああ、それはまだ解らない」

「じゃあ、パイロットのところへ回ってください」

タナカ警視正は、運転席の金網窓を叩いて「シャングリラ・ハウスだ！」と命じた。

「シャングリラ・ハウス⁉」

ワン教授が眉を顰《ひそ》めた。

中国系の綺麗《きれい》どころを集めているという噂の、ラブ・ハウスだった。

「そう。彼はそこに入り浸《びた》っている。海軍のほうにコネクションがあってね、パイロットのジョン・D・ノース元大尉が、入り浸っていたような場所はないか探ってもらった。プライベート飛行でこっちへ来ては、シャングリラ・ハウスで金をすっていたそうだ」

「摘発はしないのかね？」

「まあ、ヒロに限らず、ハワイは観光で保《も》っている。覚醒剤とかならともかく、大麻や売春程度は、大目に見るさ。ヒロコは違う見解だがね」

「大麻だって立派な犯罪で、それは組織暴力の資金源になるのよ。いくら説明しても、ベトナム世代は駄目ね。ヒッピー文化の郷愁がどうのこうのですますんですから」

「まあいいじゃないか」

タナカ警視正は、にやついた顔で言った。

「いちおう、うちのSWATも待機させてある。できれば静かに行きたい。観光産業をあまり刺激したくないんでね」

バンは、空港を出ると、一九号線を海岸に沿《そ》って北上した。ヒロ・ホテルに近いアベニューの、ほんの一メートル四方のピンク色の看板を掲《かか》げたパブの近くに停《と》まった。

「ちょっと話をつけてくる。ここで待っててくれ」

タナカ警視正は、一人でバンを降りると、その隣の、看板も何もない三階建てのホテルの中へと消えていった。

「有名なのかい？」

「そうでもないわ。ヒロは日系人が作った町だから、東洋系の女を集めた売春宿って、観光客にも案外不人気なのよ。もっぱら、白人相手の商売と言っていいわ。去年一度手入れしたわね」

タナカが出て来て手招きした。

四人でバンを降りる。

フロントの前で、タナカは、合い鍵の束を持っていた。

「チェーン・カッターとかないんですか？」

マクジョージ少佐が尋ねた。

「そんなものは最初からないよ。時々女の子とのトラブルがあるんでね。店の外でも商売しない」

三階に昇り、一番奥の部屋へと向かう。

「ところで、ワン教授は中国語はどうなんですか？」

「広東語《カントン》なら、とくに問題はない」

「必要な場合、お願いします。このごろの女の子は英語をなかなか覚えてくれんのです」

ロータス警部とダンジガー捜査官が、ホルスターからピストルを抜く。

どのドアも、すでにひっそりと静まり返っていた。

「二〇〇ドルも払って見る夢にしては気の毒だな」

タナカ警視正が、ノブにキーを差し込んでゆっくりと回す。

キーをマグライトに持ち替えて、ドアをゆっくりと開けた。

マクジョージ少佐もマグライトを点灯した。ドアのすぐ向こうには、缶ビールと、短パンが乱暴に脱ぎ捨ててあった。

タナカ警視正が、部屋のライトを灯《とも》す。ベッドの脇に立って、シーツにくるまる男女に対して警察手帳を翳《かざ》した。

女のほうが先に起きて、ピストルを見て悲鳴を上げた。後は、わけの解らない言葉で命乞《いのちご》いを始めた。

「ああ、ワン先生、ちょっと黙らせていただけますか？　出て行っていいからと」

ワンが広東語で何かを喋ると、女は、シーツを巻き付けたまま、部屋を出て行った。

「な……、何の騒ぎだ？」

中年を過ぎた男が、ライトに手を翳しながら上体を起こそうとした。

ダンジガーが、股間を隠すバスタオルを投げてやった。

「ノース大尉、ヒロ警察署長のタナカです。こちらはＦＢＩに、州警察に、軍の皆さん。ちょっと緊急にお話を伺《うかが》う必要がありまして」

「何かの容疑者かい？」

「そうなる可能性もないわけではありませんが、現状では単なる参考人です。ただし、かなり長時間拘束《こうそく》される可能性があることを覚悟してください」

「着るものを着せてもらっていいかな？」

「もちろん。ただし、話をしながらということで」

ノースは、衆人環視の中でパンツを穿《は》き、Ｔシャツを着た。

「ウォッターズ氏はどこですか？」

「知らん。私が最後に雇用主と会ったのは、ここに着陸した時で、別命あるまで待機という命令だ。必要があれば携帯電話で呼び出される」

「今回だけかね？　それともいつもそうかね？」

「多忙な人間だからね。たいていはスケジュールどおりに飛ぶ。だがハワイへ飛ぶ時だけは別だ。電話が繋がる場所にだけいてくれればいいと言われているし、いつも二泊程度で帰ることになる。べつに変わったところはない」

「ここでのウォッターズ氏の滞在先は？」

「聞いてない。必要なら電子メールを送るか、携帯電話を鳴らすことになっている」

今、そのウォッターズの携帯電話のスイッチは切られていた。

「ホテルのリストにはなかったんですか？」

ダンジガーが署長に聞いた。

「過去の分に関してもなかった。どこか、セーフハウスがあると見ていいだろう」

「あの……、ちょっといいかな？」

ノース大尉は、自分から右手を上げた。

「いったい何が起こったんだい？　誘拐とも違うようだが……」

「ウォッターズは、世界じゅうのネットワークを破壊し尽くそうとしている」

「破壊？　ネットワークを？……」

「そうだ。君は、何か中身が解らない機械や社員以外の人間を運んだことはないかね？」

「ああ、ああ！　あいつらかい？」

「いつ、誰のことだ？」

「ええと、フライトバッグはコクピットか……。だと、今、日時は特定できないが、
一カ月ぐらい前だったかな。ロスから、四、五人の若者を運んだよ。一トンばかりの

物資も」

「名前や、物資の中身は？　タトワイラーの滑走路に降ろしたのかね？」

「ああ、間違いない。荷物は解らないな。衛星関係のものだと思ったが。携帯用のパラボラとか」

マクジョージ少佐は、ベッドサイドの電話を取り、送話口に、奇妙な形のアタッチメントを装着して、ダイヤルを回した。簡易型のスクランブラーだった。

少佐は、ただちにハワイ島上空を旋回中のスパイ機にその情報を伝えた。

「それで、乗って来た連中の名前とか、容姿《ようし》とかどんなだった？」

「バラバラだねぇ。ひと目見てジャンキーな奴らだとは思ったけれど。学生か、ちょっと年上な連中もいたが、ほとんど話はしていない。俺はあの手合いは苦手なんだ。たしか、兄妹が一人いたな。その程度だ。名前とか顔とかは、からきし……」

「副操縦士とか、スチュワードはどこにいる？」

「スチュワードはもともといない。ウォッターズはまめな人間で、その手の雑用を喜んで引き受ける。副操縦士は死んだよ。先週、ミシガンのハイウェイで五〇台も巻き込まれる玉突き事故があったんだ。二人死んだが、そのうちの一人が副操縦士だった。昨日、リア・ジェットに乗っていたのは、俺とウォッターズの二人だけだった」

「どんな話を？」

「ウォッターズは仕事をすると言って、ずっとキャビンに籠《こ》もっていた。全部の会話を再現しても、あんたの手帳半分ですむよ」

「こっちで彼が会った人物の心当たりとかは？」

「ないね。俺はパイロットで、彼はハワイへ来る時には、秘書は連れていなかった。俺はせいぜい、年甲斐《としがい》もなく入れ込んだ女でも出来たんだろうと思っていたよ」

「移動するには足が要《い》るだろう？　それも自分でかね？」

「ああ、レンタカーを借りてね。走行マイルを調べれば何か解るだろう」

「ほかに思い付くことは？」

「とくにないな。もしホテルに記録がないんなら、どこかにセーフハウスがあるんだろう。島の反対側には行ってないと思う」

「どうして？」

「ほら、この前集中豪雨があったろう？　あの時、道路が長い間不通になっていたのに、彼は、時間どおりに滑走路に現われた。だから、そんなに遠くじゃないと思ったんだ」

「半径二〇マイル以内に絞れる！」

タナカ警視正は、ノースを促《うなが》した。

「申し訳ないが、本署まで来てもらいます。細部の話を聞きたいので」

「やれやれ……、あのリア・ジェットはいい性能だったんだがな。また職探しか……」

「現場検証が終わるまで、しばらくリア・ジェットも動かせない。そのつもりでいてくれ」

タナカは、部下を呼び入れて後を任《まか》せながら、バンへと急いだ。

その前に、フロント前にハワイ島の地図が掲《かか》げられているのに気付いて玄関から引き返した。

「みんなこれを見てくれ。滑走路がここ。あの日はひどい土砂降りでね、鉄砲水《てっぽうみず》があちこちで出たんだ。滑走路の西側はここと、ここ……。東側はここ、つまりヒロ市内に入る前で不通になっていた。ヘリか何かでマウナ・ケアを越えたのでなければ、彼はヒロにも入っていない」

「とはいっても……」

ロータス警部が首を振って絶句した。

「まず、ヘリを使わなかったという保証があって？」

「もちろん、あの日は、ヘリが飛べるような天気じゃなかった。とくにマウナ・ケア周辺はね。自殺行為だよ。移動手段は車だ。それに、孤立状態にあったエリアの民家の数はそう多くない。皆土地の者たちばかりだ。一軒一軒当たれば必ず見付かる」

「ああ、ちょっといいかな？」

　マクジョージ少佐が歩み出た。

「まず、町中の人家ということはない。目立つ。衛星とのやりとりをすれば、ご近所のテレビに電波障害を起こす可能性があるし、逆に、近所からの漏れ電波を拾って受信障害を起こす可能性もある。だから、彼らのセーフハウスは、見通しがよくて、隣近所から最低でも一〇〇メートルは離れている。集落は除外していい」

「その手のコテージなら、海岸沿いに数百軒はあるぞ」

「いずれにせよ、今日じゅうには探し出せる」

「まあ、その点は同意しますが」

「滑走路へ行くかね？　いったん署へ行くかね？」

「まともな通信システムがほしい。いったん署へ引き返しましょう。捜索範囲も絞りたい」

　ロータス警部は、バンに帰りながら、いささか物事がうまく運びすぎているのが気になった。

　だいたい、もう用が終わったはずの専用機を置いたままというのが気に食わなかった。

　覚醒剤常用者が、注射器を道しるべに置いて来るようなものだと思った。

東部標準時の午前八時、合衆国副大統領はホワイトハウスにて、ＴＯＰＳのアッカーマン局長は、ＦＢＩニューヨーク支局に出向いてそれぞれ、事態の沈静化を促すための記者会見を開いた。

一人二人の記者が、ウォッターズの名前を聞きつけて質問したが、アッカーマンは、まだいかなる証拠もないと、質問を突っぱねた。

さすがに、銀行が開店早々、客が殺到するような事態にはならなかったが、マーケットは、開始早々投げ売り状態に陥り、ハイテク株を中心に今年最大の下げ幅を記録した。

アッカーマン局長は、オペレーション・センターで、ロイターの画面を眺めながら、

「ひぇー！」と戯《ふざ》けて見せた。

「諸君、たった一時間で、私の財産は、下を見ても一万ドル減った。夕方ごろには、きっと五万ドルはすっているよ。明日は、アパートの窓から飛び降りる連中が続出するだろう。この状況を回復するには、また利下げやら何やら誘導するしかない。金融政策は滅茶苦茶《めちゃくちゃ》だよ」

「セトルズには会いましたか？」

株にはまだ縁のないスカリー捜査官が、他人事《ひとごと》のような顔で尋ねた。

「いや、記者会見でも聞かれたがね、まあ、私が彼に会う時は、感謝状を渡すか、法廷で証言する時かのいずれかだ」

「ハワイでパイロットを確保したらしいです。セーフハウスがありそうなエリアを特定できたとか。でも、ウォッターズがそこにいるかどうかは解りません」

「ウォッターズの指紋を向こうへ送ってやれ。何かの役に立つかも知れない」

「はい。これで眠れるといいですがね……」

「ああ、奴らは目的の半分以上は達したと思う。財務省の仕事はまだまだこれからだがね。考えてもみてくれ。個人株主から、大企業に至るまで、アメリカ全体の資産価値が、昨日より一〇パーセント以上も落ちたんだぞ」

「まあ、本番に備えての予行演習だと思いましょう。実際に国家規模でのサイバー・ウォーとなれば、この程度じゃすまないんですから」

スカリーは、ハワイの連中がうまいことやってくれたら、夕方までには片付くだろうと楽観していた。

ヒロ空港には、警察ヘリ四機が待機していた。

ヒロ警察署のオペレーション・センターでは、災害当日、交通整理に当たった連中が集められて、さらにエリアの絞り込みが行なわれていた。

「当日、ウォッターズがレンタルした車は日本製のミツビシ・パジェロで、滑走路からの総マイル数は三〇マイルだ。ということは、誰かの車に途中でピックアップされていない限りは、彼は滑走路から一五マイル以上は離れていない。滑走路を含めて、その土地の七割は個人所有の牧場で、彼が真っ直《まっす》ぐ東へ走ったとしても、そのエリア内にあるコテージは限られている。何しろ、こっちは北東に向いているのでね」

タナカ署長は、指揮棒を使って地図の上で説明した。

「海岸線はどうかな。アクセスは簡単だが、目立つ。内陸部は、林もあって、目立たない」

ダンジガーが海岸線をなぞりながら言った。正直なところ、金持ち連中の町で、朝っぱらからドンパチやるのは避けたかった。

捜査範囲を、もっと奥地へ絞りたいというベクトルが彼の中で働いていた。

「もうじき明るくなる。ヘリも飛ばせるが、どうするね?」

「いやいや、ヘリは待ってください。できれば奇襲したい。署長、このエリアだけ電話を遮断《しゃだん》できれば助かるんですが……」

「少佐、それは無理だよ。ハワイは観光で保っている。観光客が朝、受話器を取ったら全部不通だなんて、パニックを起こす。警官の自家用車を用意して、アロハ・シャツで捜索に出そう」

「すでに三機の電子情報収集機が捜索を開始しています。今、拾った電波から通常波を除外する作業を行なってます」

「当てにしていいのかね？」

「もし電波のやりとりがあれば、いずれは見付かります」

「とりあえず地上を回ろう。手分けして一〇台で一〇軒も回れば、二時間で片付く」

「警察無線は一切《いっさい》使わないよう命じてください。必ず公衆電話を使用して、連絡を取り合うこと」

マクジョージ少佐は、ジュラルミン・ケースのバッグから、ウォーキートーキーを三台取り出した。

「特別な無線機です。潜水艦の通信と同様に圧縮通信を行ないます。だから同時には喋れません。しかし、秘話性能が上がります。台数分だけ、われわれも分乗し、エリアごとに分かれることにしましょう」

「解った。だが、もし怪しいコテージを発見しても、絶対にベルを鳴らさないでくれよ。ＳＷＡＴが到着するまで待ってくれ。運がよければ、敵が寝ている間に急襲できる」

ダンジガーはワン教授と、ロータスはマクジョージ少佐と組んで、署員の自家用車である二台のレンジローバーに乗り込んだ。署長は本部に残ることになった。

を見た。

ロータス警部は、レンジローバーの後部座席で、「その制服目立ちますね」と少佐
マクジョージ少佐は、制服のままだった。

「シャツだけ脱ぎますよ……」

下から、シカゴ大学のカレッジTシャツが現われた。

「警部はヒロに詳しいんですか?」

「親戚が何人かいます。署長もその一人です。一番口うるさい親戚ですけど。私が州警察に入った時の後見人です。少佐はシカゴのご出身? ちょっと南部訛《なま》りがあるような気がするけれど」

「ええ、フロリダの出身です。甥《おい》がシカゴ大学に通《かよ》っていて、遊びに来た時、部屋代がわりに持って来たんですよ」

少佐は、ジュラルミン・ケースを開けると、サブノート・パソコンを開いてスイッチを入れた。

「どこへ行ってもパソコンなのね……」

「汎用《はんよう》性があるというのは強いんですよ。昔みたいに軍も金があるわけじゃないですから、汎用品ですめば、それに合わせてプログラムを書こうという傾向がある。まあ、納税者の選択ですからね」

「手を焼いてますよ、われわれも。前近代的な義理人情で動いているはずの日本のヤクザ組織ですら、今いろんな管理をパソコンでやってます。私が警察に入ったころは、日本語の帳簿を読み解く講座から始まりましたけど、今では、パソコンの鍵を開く方法から聞かなければならない。MAD暗号なんて最低ですよ」

「たしかに、あれは致命的に厄介な代物《しろもの》です。誰にでも扱えて、しかも誰にも解けない。でも、たいした技術です」

「あら、NSAとも思えない言葉ですね」

「僕は大学で電子工学を修《おさ》めました。NSAに入ってから、ひととおりの暗号理論も修めた。でも、かのセトルズの公開鍵暗号方式の原理を聞かされた時は、まずやられたと思いましたよ。プログラマーでもないのに、あんな凄《すご》いことを思いつくなんて、無条件に尊敬できる」

「彼らの言う、公平さという目で見ても、ネチズンが受ける恩恵より、市民社会が被《こうむ》る損害のほうが大きいのよ。せめてもう少し慎重に考えるべきだったわ」

「私はネチズンの側です。われわれは、ともにネットワークの地平を切り開く立場にありますから」

　モニターに、オシロスコープのような波形が現われた。

「この波は、今このレンジローバーが発しているる電磁波の波形で、ほとんどはエンジン周《まわ》りから発してます。彼らの努力がなければ、アメリカがこの分野でOSを牛耳《ぎゅうじ》ることはなかったし、世界経済を牽引《けんいん》することもなかった」

「あたし嫌いだわ。マックは爆弾が爆発するし、WINDOWS《ウィンドウズ》はすぐフリーズするし、エディタ以外のソフトはまるっきり扱えないし、機械はエアコンより高いし。自宅に置くのはごめんね」

「われわれは、今時代の変革期にいるんですよ。ラテン語を学ぶようなもので、小さいころから馴染《なじ》めば抵抗もない」

「ラテン語はお金がかからないわ。爆弾の作り方もラテン語では書いてないし、いかがわしい写真があるわけでもない」

「ま、そうですがね……」

マクジョージ少佐は苦笑いするしかなかった。


ダンジガー捜査官は、明るくなる空を見上げながら、レンジローバーを降りて歩いた。四軒のコテージが、海岸沿いに建っていた。

郵便ポストをチェックして歩く。封筒や葉書の差出人が解れば、住人の正体もだいたい解る。

一軒目には、ランジェリー・ショップのダイレクトメールが入っていた。

「ここは関係なさそうだ」

「このブロックは無視していいよ」

ワン教授が朝の新鮮な空気を吸いながら言った。

「われわれは、他人との関係を嫌うからな」

「われわれですか……」

「そう、われわれだ。ネットワーク症候群からは、誰も逃れられない。電子メールを使うようになれば、人は誰も手紙を書かなくなる。レストランへ行かなくてもピザを注文できるとなれば、人は外へ出なくてすむ。私の講義を取る学生たちと、よそのゼミの学生たちの日常の統計を取ったことがあるんだがね。二年間もコンピュータに浸《つ》かると、外出時間、頻度《ひんど》、対面回数ともに劇的に減ったよ。毎年調査しているが、ひどくなることはあっても元に戻ることはない」

「そんなものですか。バーへ行って、仲間や女の子と騒いだほうがましだと思うんですがね」

「誤解してほしくないんだが、それは生活様式の変化であって、文化の退歩じゃない。人は、アルコールや麻薬より、もっと刺激的な遊びを見つけたんだ。五〇年後の町の様子はだいぶ変わるだろう。まず、ショーウインドーがなくなる。そんなものはインターネットのモールへ行けば、棚にない商品だってすぐ見付かるんだからな」

「でも、試着とか必要じゃないですか?」

「バーチャル試着の実験が始まっている。モニターの前に立つと、CCDカメラが体型を読み取り、その姿形で試着した時の画像を画面上に出してくれる。背景も選べるんだ。パーティ会場、ビーチ、周りでこういう服を着ている人間がいたら、こんな感じに見えるということも調べられる。鏡の前でチェックするよりはるかに効果的だよ」

ダンジガーは、隣のコテージのポストを覗いた。ビラが一枚だけ入っていた。

「家族でのレストランはどうなります?」

「リゾート地では残るだろうな。ただし、オーダーの仕方をそのころ人類が覚えていればの話だ。選挙もネットワーク上でやれば、投票率が上がる」

「ハッカーが、投票権を偽造しますよ」

「そう。いかなるシステムも、人間が構築する。人間が作る以上、必ず破壊できる。そのジレンマから逃れられる日は来ないだろう」

「向こう二軒はいいですね」

「ああ。しかし彼らは必要な人種だよ。セトルズにしても、マーフィ・グループにしても、システムの安全度を上げることに貢献《こうけん》している」

「それはなしですよ、先生。あれはただの犯罪者です。その見解だけは賛成できない」

「もし、ネットワーク社会が進化した先、われわれは、為政《いせい》者のすべての情報を得ることができるようになるだろう。しかし、これは逆の意味も持っている。ネットワーク上に存在しない情報は意味を持たなくなる。解るかね、これが？」

「私なんか、大学時代のひどい成績表と、給料明細ぐらいしかありませんよ」

二人は、地図を広げながら、次の目標を探した。

「それがまさに問題なんだ。ネットワーク上には、いろんな情報を置くことができる。思想をすら置くことができる。個人がインターネット上にオープンしているホームページの九割がたは、ほとんど何の価値もないゴミだ。だが、うちの可愛い娘を見てくださいというホームページでも、作り方ひとつとっても本人の思想や哲学が反映されるのだ。だがね、為政者のそれは別だ。彼らはね、自分でホームページを作るわけではない。広告代理店がすべて取り仕切る。演説から何から何まで」

「今でもそうですよ。われわれが為政者の本当の情報に接することはないじゃないですか？」

「ネットワーク時代には、それがさらに加速する。われわれは、演説会場へ出向いて、為政者の生の情熱を知ることはできない。企業や政治家の発言内容《コンテンツ》を見て、われわれが平板《へいばん》で没個性だと感じるのは、そのせいだよ。誰かが、大統領になりすましても、それを批判する術《すべ》はない。セトルズやマーフィ・グループは、そういう時に正しい警告を発してくれるだろう。問題は常に起こる。変革にはつきものだ。われわれは恐れるべきじゃない」

「勘弁してくださいよ、教授。その後始末をするのはわれわれなんですから」

「困ったことに、政府が一番遅れている。それが最大の問題点なんだ」

二人は、自動車に帰るまでもないかと、海岸沿いの道路を歩き始めた。


マーフィ・グループの面々は、半分が睡眠、半分がステーションに着いていた。

ロシア人青年の天才プログラマー、ミハイル・ロストロビッチは、サイト6の暗視映像をモニターでチェックすると、隣の部屋で寝ているチーム・リーダーのマット・ベーカリーの枕元へ行き、「起きろ」と囁《ささや》いた。

「問題か?」

「いや、見つかったかも知れない。カメラに妙なものが映っている」

「ああ、待ってくれ」

ベーカリーは、眼鏡を掛けながら堅いベッドを降りると、モニターの後ろに立ち、「眼の疲れが取れないよ……」と目薬を差した。

「サイト6の暗視映像だ。最初見たときは気のせいだと思ったんだが、二度目で確信した。三度目をクイックタイム・ムービーに記録した。再生してみるよ」

暗視カメラが、延々と、星空を映すだけだった。

「流れ星でも観《み》たかい？　あるいはＵＦＯでも」

「そうじゃない。もう一度最初から見せるよ」

ミハイルは、人差し指で、その五センチ角の画面のある部分をなぞった。

「ほら、この星、消えるだろう？　だが、すぐ元に戻る。で、次にはここだ。この星が消える……」

「本当だ。何かいるんだな？　音声は拾っているか？」

「いや、たぶん遠すぎるんだと思う」

「ちょっと待ってよ。ハワイなんだから、ナイトフライトぐらいしていても不思議はないわ」

サブリナが、その隣でけげんな顔をした。

「サブリナ、すべての飛行機は、航行灯の点灯を義務づけられている。その規則から逃れられるのは軍用機だけで、それも特別な夜間訓練や戦場においてのみだ」

「何度現われたんだって？」

「三度目だよ。気付いたのは、一時間前だった」

「早いな……。たぶん、アメリカ空軍のエリント機だ。サイト6のモニターを全部ウエイク・アップしろ」

「みんな起こす？」

「そうだな、カメラに何か映ったらそうしよう。このイベントをわれわれだけで独占したら恨《うら》まれそうだからな」

「どうしてこんなに早いんだ？」

「まあ、ＴＯＰＳもバカじゃないってことだろう。応戦準備だ」

「賭け金がパーだわ」

「ミハイル、チップセット４《フォー》へ移行する。準備してくれ」

「もう？　賛成できないな。僕らは自分の首を絞めることになるかも知れないんだよ」

「われわれの力を思い知らせてやる絶好のチャンスだ。それに、これはＴＯＰＳにもいい薬になるだろう。奴らが無理に近付いたから、犯人を刺激したんだと」

「気乗りしないけどなぁ……」

フランクも起きて来た。

「もう見つかったって？」

「そうだ。対抗措置を立ち上げるところだ」

「株は？」

「どこも劇的に下げた。ホワイトハウスは記者会見を開いて、事態の沈静化を図っているが、効果がなかったことは、マーケットで証明された」

「そりゃ凄い。金のことしか頭にない奴らに、この世界を利用することのリスクを教えてやるいい機会だ」

マーフィ・グループは、いよいよ次の段階に移行した。これこそが、終わりの始まりだった。

5章　ファイアウォール

　夜が白《しら》み始めた中で、マット・ベーカリーは、リモート・カメラを左右に振って、海岸沿いの道路上へと向けた。

「いきなり対戦車ヘリや爆撃機なんてことはないだろうな。せっかく用意したのに」

「ヒロ市警察の様子を探ってみるかい？」

　フランクが、眠い眼をこすりながら言った。

「やめておけ、今さら足跡を残すことはない。最後のムービーは、公衆回線から流すことになるぞ。バッテリーや回線は大丈夫だな。もう一度チェックしろ」

　フランクは、ブローニング・ハイパワーが収まるショルダー・ホルスターを肩に通した。

「よせよ、フランク。お前さんのガラじゃない」

「いつ何があるかも解らないからな。モニターを抱いて死ぬなんていうのはまっぴらだ。華々《はなばな》しく死にたいからな」

「あたしは、白旗を上げてさっさと逃げさせてもらうわ。本を書いてひと財産築くわよ」

「刑務所の中じゃ金の使い途《みち》もない」

「徹底抗戦あるのみさ。そのために軍隊も雇《やと》ったんだ」

「静かに⁉　車が停《と》まったぞ……」


レンジローバー一台が、丸太小屋への坂道の途中で減速しようとしていた。

ワン教授は、双眼鏡を一本の松の木に向けていた。

「モーリス君、上だよ。色が塗ってあるが、パラボラ・アンテナが載《の》っている。ケーブルが下へと延びているぞ」

「あっちの枝にも一基パラボラがありますね」

彼らには、パラボラは見えたが、シリンダー型の、葉巻《はまき》程度の大きさしかない監視用のＣＣＤカメラは見えなかった。

「少佐を呼びます」

「ＳＷＡＴも呼んだほうがいい」

「観《み》られているとまずい、いったん、先へ走って引き返そう」

「この道はここまでです。ここで引き返すしかない」

運転する巡査が言った。

「Ｕターンしてくれ。死角まで下がって少佐らを待つ」

彼らが死角だと思っていたところも、カメラには映《うつ》っていた。マクジョージ少佐とロータス警部を乗せたレンジローバーは、彼らの二〇〇メートルほど手前で停止した。

太陽はもう水平線の上に顔を出し、雨も完全に上がっていた。

ダンジガー捜査官が松の上のパラボラ・アンテナを見上げながら、「間違いない」と言った。

「あの、二階建ての丸太小屋だ。丘を登りきったところで、風も弱いし、一番近い人家から三〇〇メートルは離れている。電力はあるし、理想的な場所だ」

「SWATを待ちましょう」

「エリント機に照会してみる。思ったよりこちらの漏れ電波が小さいようだ」

マクジョージ少佐は、また怪しげな測定器を持ち出してあたりを探り始めた。

「歩いてみるかい？　ヒロコ」

「そうね。何かあったら援護してちょうだい」

ロータス警部とダンジガー捜査官は、ピストル・ホルスターをキャビンに置いた。

早朝の散歩を楽しむ夫婦連れという恰好《かっこう》をとることにした。

「海側が崖《がけ》みたいね」

「ああ、SWATは下から上げるしかないな。そんなに急な崖じゃない。ほんの二〇度ほどだ。ガレージがないな」

「ウォッターズはここにはいないということね」

「生活臭を探そう」

「あまりないわね。庭の芝生《しばふ》を刈ったのは、たぶん一カ月前ぐらい。しばらくは車が入った痕跡もない。人が住んでいる気配は希薄ね。もしいるとしたら、食糧を買い込んでの穴ごもりでしょう」

道路と敷地を遮《さえぎ》るものは、高さ五〇センチほどの石垣だけで、敷地自体は芝生が生《は》えているだけの、典型的なリゾート地のロッジという造りだった。

「人が出入りした跡がまったくないわね」

砂利が敷き詰められた入口には草が生え、車の轍《わだち》ひとつなかった。

ロッジの中から縦横《じゅうおう》にケーブルが出て、敷地内の松の木へと延びていた。

部屋の窓には、すべてシャッターが降りていた。

海岸沿いからバンの音が聞こえてくる。ＳＷＡＴが到着したらしかった。

二人が引き返すと、ちょうどタナカ署長を乗せたバンが上がってくるところだった。

ＳＷＡＴは、すでに装備を身に着けて命令を待っていた。

ダンジガー捜査官が、崖下からアプローチできることを伝えると、すぐさま斥候《せっこう》が出された。

タナカ署長は、ズボンのポケットからコピー用紙を取り出した。

「登記簿のコピーを持って来た。とくに怪しいところはないが、二カ月前所有者が移っている。それまでは半年以上空き地だったようだ。海岸まで距離があるからな。リゾート地としては、それほど理想的じゃない」

「どうします？　裏の窓をぶち破りますか？」

「とんでもない。ドンパチは困る。堂々と、正面からチャイムを鳴らすよ。マイク！五分で配置を完了させろ。狙撃《そげき》チームは、玄関を狙《ねら》えるようにな」

署長は、Ｔシャツを脱いで、マイクロホンを胸にテーピングした。

「いざという時しかスイッチは入れない。それでいいんだね？　少佐」

「ええ、携帯電話のパルスを三角測量して、警報を発するシステムもありますから」

「じゃあ、僕が同行します」

「よしてくれモーリス。君の額《ひたい》にはＦＢＩと書いてある。ヒロコでいいよ。ピストルを後ろに隠しておけ」

ＳＷＡＴが配置を完了するまで、七分を要した。

「じゃ、そろそろ行こう。援護よろしくな」

タナカ署長とロータス警部は、坂道を登り始めた。

「道路自体は綺麗ね」

「観光地だからな。黙っててもやってもらえる。清掃局にも問い合わせたが、とくにこのログハウスを巡《めぐ》ってのトラブルの報告はないそうだ。だが、電気は使われている。それも、生活状態を示すメーターの上下がある」

敷地内に足を踏み入れても、家の中から人の気配はなかった。

「ここしばらく人が出入りした形跡はないみたいよ。ウォッターズはもうここを出ているかも知れないわね」

土間のコンクリートに立ち、警察手帳を取り出す。ロータス警部は、右手を後ろに回して、いつでも拳銃を抜けるように身構えた。

タナカ署長が、カウベルを二度鳴らす。三〇秒待ったが、応答はなかった。

ベーカリーは、その様子をカメラで観ていて、

「鍵を開けてやるかい？」と呟いた。

「次の手を見たいな。鍵師を連れて来るか、ぶち破るか」

タナカ署長は、ドアの取っ手を持ってガタガタ揺らした。

「警察です。誰かいませんかぁ！」

「鍵師を呼びますか？」

「そうだな……」

タナカ署長が右手を回して合図すると、腰に工具をぶら下げた背の低い男が小走りに向かって来た。

「出番だ、ムライ。四分と見るが……」

「いんや、署長。この手のは二〇秒だ」

男は、工具を鍵穴に差し込むと、まるで真正の鍵を使ったみたいに、すぐガチャっと言わせて引っこ抜いた。

「ヒュー、鮮《あざ》やかなお手並みだ。危ないから退《さ》がっててくれ」

タナカ署長は、鍵師を退がらせると、MP5を構える応援のSWATを二人呼んだ。

「むやみに撃《う》つなよ。俺から先に入る」

ロータス警部は、ピストルを抜いて構えた。

「よし、行こう」

タナカ署長が、ドアを手前へ引く。ロータス警部が、その隙間《すきま》から中へと入った。

淀《よど》んだ空気が、顔面を襲った。

「人がいる気配はないわ――」

その瞬間、スピーカーから、合成音声が流れ始めた。

「爆発まであと一五秒です。まもなくここは爆発します。速《すみ》やかに退去してください。

「一〇、九……」

そのカウントダウンは、パラボラ・アンテナに取り付けられた樹上のスピーカーからも漏れた。

「逃げろ⁉」

タナカ署長がマイクのスイッチを入れるや否《いな》や、怒鳴《どな》った。

「脱出！　脱出！　爆発するぞ」

ご丁寧《ていねい》に、その合成音声メッセージには、サイレンの音まで被《かぶ》せてあった。

「親切なテロリストだわね……」

ロータス警部は、ピストルを握りしめながら、ＳＷＡＴに続いて必死に走った。

「三、二……」

残り一秒の瞬間、道路を挟んだ松の大木の陰へと飛び込んだ。

だが、彼女が着地する前に、爆発は起こっていた。音もなく、凄《すさ》まじい爆風が背後からロータス警部を持ち上げた。

まるで滝の中に放り込まれたような感じだった。彼女は、そのまま一〇メートル以上噴《ふ》き飛ばされて、雑草の斜面を転がった。

彼女が、目を開けてあたりを確認した瞬間には、伸ばした腕の先がどうにか見える程度だった。土埃《つちぼこり》があたりを覆《おお》っていた。

ううっと呻《うめ》きながら起き上がる。彼女は、ピストルを握ったままだった。着地時に打った肩のあたりが痛いだけで、とくに骨折はなさそうだった。

「ヒロコ⁉　ヒロコ⁉」

ダンジガー捜査官の呼び声が聞こえる。崖を這《は》い上がると、タナカ署長が土にまみれて、かつて道路があったあたりにへたり込んでいた。

「大丈夫ですか⁉　おじさん」

「ああ、君より重い分助かったよ。ほんの二、三メートル飛んだだけで助かった。それより、ＳＷＡＴが心配だ」

ダンジガーが駆け寄る。頭から埃を被《かぶ》っていた。

「ムライは大丈夫か？」

「鍵師なら無事です」

「何だって⁉　頭がガンガン鳴っているよ」

「鍵師は無事です！　崖下のＳＷＡＴが爆発に巻き込まれたかも知れません！」

「解った！　解った。鑑識が来るまで爆心地には近寄るな」

タナカ署長はよろよろと立ち上がった。ショックで、まともに歩けない様子だった。

ＳＷＡＴを率《ひき》いるマイク・スギタ警部が、ウォーキートーキーを持って喚《わめ》いていた。

「マイク！　マイク！」

「署長⁉　崖崩れです！　ロッジ裏の崖が噴き飛ばされて、数名が巻き添えになった模様です」

　全員が走り出す。

　芝生の庭は、ロッジがあったあたりを中心に、深さ二メートルほど抉《えぐ》られていた。

　海岸に臨む崖は、半分以上に渡って崩落し、まだ土煙を上げていた。

　ボロボロ状態の隊員たちが、仲間を探して銃床やバヨネットで土を掘っていた。

「誰が殺《や》られたんだ⁉」

「ベネットです！　一番前にいて、逃げ遅れました」

「飛ばされたんじゃないのか？」

「いえ、たぶん、崩落に巻き込まれたんだと思います」

　ほんの二分も経《へ》ずに、五〇センチほどはある溶岩の瓦礫《がれき》の下から、若い隊員が掘り出された。首の骨が折れ、肋骨のすべてを複雑骨折でやられ、ほぼ即死状態だった。

「ええいくそ……」

　警察のヘリが上空へと着いて、旋回し始める。まだ、消防や救急車のサイレンは聞こえなかった。

　ダンジガーは、悲嘆にくれる署長を残し、ロータスや少佐らとともに、いったんその場を離れて、バンへと引き返した。

「あれは、囮《おとり》だったと思いますか？」

ダンジガーは、ワン教授に尋ねた。

「何とも言えないな。破片を探して、彼らがどういうシステムを構築していたかを調べないと。通信システムさえ確保されていれば、前線はどこであっても構わない。彼らが爆破という手段で、証拠を消そうとした恐れはある」

「ダミーにしても、あのパラボラとか金がかかりすぎている。ここが本拠地だった可能性はあると思う」

マクジョージ少佐が言った。パラボラ・アンテナも噴き飛ばされ、今では地上五メートルほどのところで揺れていた。

「まずは、彼らがどういう回線に潜り込んでいたかを調べないと。気の遠くなるような話だが、破片を一つ一つ繋《つな》ぎ合わせる必要もある」

「別の島で、この計画が継続されている可能性を考える必要があるわ」

「それはないと思う。これで監視が厳《きび》しくなれば、彼らにとって有利なことは何もない。電話回線の盗聴だって、死者が出たとなれば、簡単に令状が下りるだろうからね。あとは、私とワン教授の仕事だ。破片を探して、何かの証拠を見つける。君たちは、ヒロへ帰って、ヒューマン・ファクターを探ってくれ。何か出るかも知れない。パイロットだって、何か思い出すかも知れないし」

「解りました。では、われわれはいったんヒロへ引き上げます。何か解ったら呼んでください」

ようやく救急車が到着して、遺体を収容した。怪我人《けが》が五名。爆発が大きかったにしては、逃げ出す時間があったせいか、さほどの重傷者はいなかった。

ビデオは、爆発の〇・五秒ほど後まで記録されていた。爆風でバッテリーケーブルが断線したのが、映像途絶の原因らしかった。

「無茶苦茶な威力じゃないか……」

それは、硝酸アンモニウムを利用した、いわゆる肥料爆弾の一種だった。原材料を大量に、しかも安全に入手できる一方で、威力も凄《すさ》まじかった。

「いちおう、シミュレーションどおりの威力だよ」

フランクが、収録したクイックタイム・ムービーを再生しながら言った。

「崖下にSWATの姿が見えなかったか？　巻き込まれたかも知れない」

「こっちはきちんと警告したんだ。一五秒も時間があれば、一〇〇メートルは逃げられる。警官ならな。自業自得というやつだよ」

「こいつをばら撒《ま》くのはやめよう」

「なんで？　いいじゃないか？　連中は、鍵をこじ開けて令状もなしに他人の家に踏み込んだんだぜ？　立派な法律違反じゃないか？」

マット・ベーカリーは難しい顔だった。

「クラッカーにも誇りはある。われわれは暴力は振るわない」

「何を今さら。こいつは暴力そのものじゃないか」

「とにかく、やめよう。政府や世論はともかく、クラック仲間まで敵に回すことはない。目的は達成したんだからな」

彼らは、その映像を数千キロも離れた場所で見ていたのだった。


爆発から二〇分経過していた。

ニューヨークのＴＯＰＳ本部には、爆発から五分後、ＮＳＡの回線からフラッシュ・ニュースが入った。

空軍のエリント機がいち早く上空を旋回し、爆発威力は、一〇〇〇ポンド爆弾程度と報告されていた。

「意見を述べたまえ」

アッカーマン局長は、沈んだ顔で二人を促した。

「われわれは、時間を失ったと思います……」

モルダー大尉が肩を落としながら言った。

「このハワイのアジトを捜索するために、貴重な時間を失いました。彼らは、前線の不在を最大限利用しています」

「まだ、このアジトが囮かどうか判明したわけじゃない。目的を果たして遺棄《いき》したのかも知れないじゃないか？」

　スカリー捜査官は、発生した事態を認めたくない顔だった。

「そうは思えないわ。もしそうなら、置き捨てられたリア・ジェットの存在の説明がつかないじゃないの。エアラインを利用して脱出したにせよ、足が付くようなものを残しておく理由がないわ」

「それはそうだけどさ。これも連中の手かも知れない。囮だってことを強調するための。僕らをこの後もてんてこ舞いさせるために、わざとそうしたのかも知れない。本人たちは今ごろ、自宅に帰っているかも知れないんだぜ」

「あるいは、別のアジトに集まっているかも知れない」

「そんなこと考えたらきりがないよ」

「じゃあ、ウォッターズはどこにいるのよ。私たちは彼すら見つけていないのよ。しかも、まだウォッターズがこの事件に関わったという、証拠の欠片《かけら》すら得ていない」

「では答えは一つだな」

　アッカーマンの結論は明瞭だった。

「われわれは、今後もこのシフトを維持する」

「フォックス！　ヒロから電話だ！」

衝立《ついたて》の向こうから声が上がった。

「四番に回してくれ」

スカリー捜査官は、テーブル上の受話器の拡声ボタンを押した。

「大丈夫か？　モーリス」

「ああ、どうにかな」

「この回線は安全なのか？」

「ヒロ警察へ向かう途中の、公衆電話から掛けている。犯人がよほど暇《ひま》でなければ、聴《き》く奴はいないさ。まあ、聴かれても構わないがな。ＳＷＡＴが一人死んだ。崖崩れに巻き込まれて首を折って即死だった。中に人がいた気配はない。囮だったか、実際にここ処理の手間が省《はぶ》けたってもんさ。何もかも一センチ角の破片になって、廃棄物からいろんなデータが流れ出ていたかは、たぶん一週間かそこいらかけないと結論は出ないだろう。いずれにしても、敵は時間を稼《かせ》いだ。ウォッターズは相変わらず行方不明だ。島の外へ出た可能性が高いと思う。これからエアラインのチケットを回収して指紋を照合する。クルーザーの立ち入り捜査。徹底してやるよ」

「すまん、モーリス。例のパイロットのインタビュー、もう一度徹底してやってくれないか。どんな小さなことでもいい」

「ああ、仇《かたき》は取るぞ、フォックス。ＦＢＩの面子《メンツ》に賭《か》けてな」

「もちろんだ。こちらでも何か解ったら教える。例の、兄妹《きょうだい》のハッカーで目星がつきそうだ」

スカリー捜査官は、受話器を置くと、

「忘れるところだった……」とレポート用紙を捲《めく》った。

「例の、パイロットの報告にあった兄妹ハッカーのリストです。今現在、ＦＢＩのリストには、二〇組あまりの兄妹ハッカーが記録されています」

「二〇組も？」

「ええ、これは、微罪逮捕を含めて、ＦＢＩが把握しているすべての兄妹ハッカーです。漏れている可能性はありますが、今現在、各支局で所在確認を行なっています。夕方までには、かなり絞り込めるでしょう」

「その中にいればな……」.

オペレーション・センターのアラームがけたたましく鳴った。

「どうした⁉」

「ちょっと……」

アッカーマンは、席を立ってオペレーション・ルームへと移動した。

「携帯電話です！」

オペレーターが叫んだ。

「輻輳《ふくそう》なの？」

モルダー大尉が聞いた。

「おそらく。ニューヨーク市内の交換機がダウンし始めてます」

「まずいわね……」

「何が？　繋がらないということなのか？」

「ええ、ダイアラーを使って交信《トラフィック》を混雑させる手です。コンサートのチケット・ダイアルで、昔、電話が殺到して交換機がダウンすることがありましたよね。今でも災害時にそれが起こりますが。それを携帯電話相手にやっているんです」

「なぜ？　そんなこと滅多《めった》に起きないじゃないか？」

「有線の公衆回線ではね。公衆回線は、安全係数を非常に大きく取ってあります。よほどの大災害が発生して全米の回線から集中しないと、輻輳は発生しません。でも、携帯電話の中継基地の容量には限界があります。六〇年代の、電話が普及し始めたころのような輻輳が、簡単に発生するんです。ショッピング・モール、渋滞しがちなインターチェンジ、これらは、インターネットより脆弱《ぜいじゃく》です。連休前の夕方、必ず輻輳が発生する、いわく付きのインターチェンジとかいっぱいあります。ダイアラーというのはご存じですね」

「何度も同じ番号に電話を掛けるオモチャだろう。悪戯《いたずら》電話だとかに使う」

「ええ。ダイアラーを使ってリダイアルを繰り返せば、誰でもそれを再現できます。数千のダイアラーを使う必要がありますが、物理的には、まったく可能です」

「じゃあ逆探知すればいい」

「僕ならファックス・サービスを使いますね。インターネット経由なら足が付かない。時間指定なら、なお安全だ」

スカリー捜査官が言った。

「駄目だわ。この調子だと、一時間以内に、ニューヨークの携帯電話網は崩壊します」

「ひとつだけはっきりしたことがあります。少なくとも犯人グループは、携帯電話は使っていない」

「これが公衆回線網に掛かって来る可能性はないのかね？」

「たぶん大丈夫でしょう。もしそれが可能であれば、最初から狙っているはずですから」

「三〇分以内にＦＢＩ支局で記者会見を開く。すぐセッティングしてくれ。ヒロの事件はもう流れたのか？」

「はい。さっき、ＡＰが、死傷者が出ている模様とフラッシュを流しました」

「フォックス、その発表の草稿をすぐ書いてくれ。モルダー大尉、私とFBI支局へ行ってくれ。セトルズと会わねばなるまい。彼が解決策を持っていてくれればいいが」

「ただちに、次に奴らが何を起こすかを探る必要があります」

「これ以上の悪夢といったら何だろうね……」

二人がパトカーに乗って出ると、道端《みちばた》では、公衆電話の前ですでに行列が出来、そこかしこで、繋がらない携帯電話に憤《いきどお》りをぶちまけている姿があった。

「今度の件で解ったよ。便利さという言葉は、脆弱という言葉の裏返しだとね」

「これは、永遠の過渡期です。新聞で一〇〇年間、言論の自由が論じられてきたのと一緒です。解決は無理です。セキュリティ度を上げれば不便になるだけですから」


FBI支局に着くと、スカリー捜査官からの電話で、すぐインターネットでホワイトハウスのページを見ろというメッセージが届けられていた。

モルダー大尉は、独房にいるセトルズを出して、すぐ屋内回線を取調室に繋がせた。彼の携帯電話も今はアウトだった。

TOPSのアッカーマン局長は、硬い表情でセトルズに右手を差し出したが、セトルズは握手を拒否した。

「アッカーマン局長、気を悪くしないでほしい。だが、貴方が私に握手を求めなければならない理由は本来ない。たとえ私が犯罪者であったとしても、この手の犯罪に立ち向かうことは、互いの共通の利益だ。貴方の握手には、贖罪《しょくざい》の意識が潜《ひそ》んでいる。その必要はない」

「さすがに百戦錬磨の運動家ですな。失礼した」

アッカーマンとモルダー大尉は、セトルズの正面に坐った。

「ハワイがどうしたって？」

「ウォッターズがハワイ島へ専用機で飛んだ形跡がありました。アジトらしきログハウスを発見してSWATを突入させたら、大爆発で一人死にました」

「爆発？　驚いたな。ウォッターズがそこまでするとは……」

セトルズは、ネットスケープ・ナビゲータを立ち上げ、さっそくホワイトハウスのホームページに飛んだ。画面が表示されるなり、彼はゲラゲラと笑い始めた。

本来、ホワイトハウスの正面テラスの写真が置いてあるべき場所には、今月のペントハウス・ギャルの写真が置いてあった。

タイトルには、「合衆国大統領の名において、私は本日、あらゆる言論の規制を撤廃し、いかなる企業、研究所、軍のイントラネットへのアクセスをも容易にするオープンスカイ・プログラムを開発し、国民に配布することをここに宣言する」とあった。

そのプログラムをダウンロードするためのサイトもあれば、そこを何人の人間が覗いたかを数えるカウンターと呼ばれるプログラムまで設置してあった。

すでに、五〇〇〇人がそのプログラムをダウンロードしていた。

「ちょっとダウンロードしてみよう。ここで、中身を破壊してもいいノート・パソコンがあったら一台持って来てくれ」

「ふざけおって……」

アッカーマンが呻《うめ》いた。

「だが、ハッカーたちにとっては夢だった。ホワイトハウスのホームページを乗っ取るのが。ちょっと前に、ハッカーの映画を作った会社が、ハッカー連中にホームページ上で感想を求めたら、そのホームページ自体が乗っ取られるという事件があった。ホワイトハウスとあれば皆燃える」

「でもどうやって？」

「タイトル・ページだけホワイトハウスに置いてあって、肝心《かんじん》の中身は東南アジアに分散しているようだ。連中は賢いよ。向こうが夜中だってことを知ってばら撒いた。東南アジアのプロバイダへ電話を掛けても、夜が明けるまで誰も出ないだろう。もう五、六時間はね」

コンパックのノート・パソコンが横に並べられた。セトルズは、モデム・ケーブルを直《じか》に繋ぎ、リモート・アクセスでダイナブックのデータをそちらへ移した。

「さて、何が起こるかな……」

オープンスカイと名付けられたプログラムを画像表示ソフト《ブラウザ》に載せて走らせる。

「こちらで今アクセスしている。私のＩＤでね」

セトルズは、ＦＢＩのアドレス《ＵＲＬ》を入力し、しばらく待った。

するとと、ほんの五秒で、ＦＢＩのイントラネット網へと自動的に潜《もぐ》り込んだ。

「ＦＢＩのパソコンなんだ。イントラネットだからといって……」

アッカーマンは、言葉を失った。

セトルズが、マウスを操作し、キーボードを叩きながら、ＦＢＩにある自分のデータを画面に現わした。

「誰でも読める。自分が興味があるサイトのＵＲＬを記入すると、このプログラムは、そのサイトの関連項目を検索し、イントラネット網へ侵入する。ファイアウォールを突破してね」

「ＦＢＩのファイアウォールは、もっとも厳しい種類の防火壁を利用している。あり得ないよ」

「ファイアウォールやゲートウェイの弱点は、イントラネットがブームになった時から言われていた。破られたファイアウォールも一つや二つじゃきかない。そのすべてを突破するプログラムが現われても不思議じゃない。誰に作れるかじゃなく、いつ現われるかの問題にすぎなかった。ＴＯＰＳのサーバも気を付けたほうがいい」

「この事件に関しては安全だ。ネットワークには、いかなるデータも残さないよう指示してある」

「この国のすべてが止まる。電気だって消えますよ。電力会社のイントラネットにテロリストが侵入したら、思いのままです。工場のラインも。新製品を抱えているメーカーは、今ごろ電話線を鉈《なた》で切っているでしょうが、たぶん、大手ほど手遅れでしょうな」

「楽しそうな顔をしてないかね？　ミスター」

セトルズは、否定せずに頷《うなず》いた。

「そうだね、アッカーマン局長。私の人生は、大企業や政府を相手にした情報開示の闘《たたか》いだった。組織は大きくなれば大きくなるほど、物事を隠したがる。何でもかんでも極秘のスタンプを押して引き出しの奥にしまいたがる。世界じゅうから秘密がなくなれば、戦争が起こる心配もない。それはそれで住みよい世界だとは思わないかね？」

「あいにくと、まったく賛成できないな。パイプ爆弾作りに熱中する高校生に、ウラン鉱脈の探し方や、精製方法を教える必要はない。ましてや、外国のテロリストどもにわが国の安全を公《おおやけ》にするなどもってのほかだ」

部屋の向こうから、「電話を切れ、切れ！」と怒号《どごう》が飛び交《か》っていた。アメリカじゆうの企業、大学、軍で、同じ怒号が飛び交っていた。

「気を付けたほうがいい。次はマイン・スィーパーを擦《す》り抜けるファイル添付型のマクロ・ウイルスだ。こちらのほうが被害は大きいぞ。盗まれるだけならまだしも、破壊されるからね」

壁の電話が鳴り、誰かが「ＴＯＰＳからの電話です！」と教えてくれた。

モルダー大尉が、それを取った。

「フォックスだ。ダイアラーの発信元を一〇件ばかり突き止めた。思ったとおり、インターネットを利用したファックス・サービスだ。ダミーのＩＤで、大量にダイレクトメールを送る方式と同じだ。敵はもっともコストの安い方法で、最大の効果を上げている。ファックス・サービスを行なっているすべてのインターネットや、クローズド・ネットワーク会社に連絡を付けて、ファックス・アウト・サービスを停止させるよう要請しまくっている。また一歩、石器時代へ近付いたってわけだな。局長の記者会見の下書きをそちらへ送っておいた。よろしく頼む」

「携帯電話の復旧の目処《めど》は？」

「だめだめ、深夜になって、みんなが事態を飲み込み、携帯を手放すまでは無理だ。今日一日は、このサイバーテロリストたちの一方的な勝利だね」

モルダーが受話器を置くと、スカリーのひどい手書きの、記者会見用ファックスが届けられた。

「このファックス回線だけは、たぶん安全だ。直接紙に印刷しているのであればね」

セトルズが言った。ファックス回線だけは、まま安全な情報がやりとりできたが、今はイントラネットに直結されたファックスも出回っている。

幸いにして、役所はどこもそれほど進歩的なシステムはまだ導入していなかった。

「セトルズさん。マーフィ・グループがハワイを選んだことには、何らかの意味があると思いますか？」

「解らないな。その手の回線の問題はラトウィックの領分だ」

「何か打てる手はないのかね？……」

「敵は、推移を見て次の段階に進むことが必要な場合もあるはずだ。だから、常にタイマーを利用した時限爆弾だけで攻撃を行なうとは限らない。今のダイアラーだって、たぶん、実際のスイッチ自体は、どこかからサーバ・マシンにリモート・アクセスしてアクセルを踏んだはずだ。どこでトラブルが発生するか解らないからね。しかも自分たちでフレーミングを発生させているとなれば、なおさらだ。彼らは今後も、どこかからネットワークにアクセスする必要がある。少なくとも一人で行動しているわけではない。あんな連中を一人で動かしたら、たちまちコントロールを離れて勝手なことを始め、すぐ情報が漏れてしまう。だから、連中は人里離れた場所に隔離されているだろう。探すのは困難だが、どこかにいることは確かだ。ラトウィックに聞きたまえ。彼女が答えを出してくれるだろう」

「やれやれ、婆さんを頼るか……」

「ただの婆さんじゃない。FBIやNSAをずっと出し抜いてきた。その技術においては、マーフィ・グループすら足元にも及ばないのだから」


アッカーマンの記者会見は珍妙だった。記者らは、携帯電話がダウンしているため、記事を肉声でもイントラネットでも送るわけにもいかず、会見が終わり次第、支局内の電話を奪い合う羽目になった。

アッカーマンは、その場で、携帯電話の輻輳現象が、全米の主要都市に及ぶ危険性があることを注意した。

全米の利用者に対して、携帯電話の使用を控えるよう求めた。また、ハワイでの爆発事故に関して、殉職者一名を発表。マーフィ・グループを捜査するうえでの犠牲であったことを正式に認めたが、ウォッターズとの関連に関しては、言及を避けた。

ホワイトハウスのホームページが乗っ取られて、とんでもない情報が流れていることに関しても、アッカーマンは正直に述べた。

彼がそのことに触れるころには、すでに、ホワイトハウスのメイン・サーバは停止状態になっているはずだった。

彼らは、あらゆる組織に対して、イントラネットへの侵入を警告するメッセージを発した。

あらゆるファイアウォール、ゲートウェイが、このハッキング・マクロに対しては無防備であることを付け加えた。


ラトウィックことマーガレット・タライアのアパートは、ロングアイランドの、セトルズのアパートから歩いて、十分とかからない場所にあった。

ビルの周《まわ》りを花壇が取り囲む、いかにもリタイアメント組のための様な、落ち着いた造《つく》りのアパートだった。

モルダー大尉は、近くのバンの中で待機する軍の医務官に、ひょっとしたら呼ぶかも知れないので、準備しておいてくださいと要請した。

車椅子のタライアは、三階の自室のドアをリモコンで開けて、招き入れた。

想像とは違い、部屋は小ざっぱりと片づいていた。

「毎日、メイドが来て身の周りの世話をしてくれるのよ。食事から掃除まで。看護師も二日に一回は来る。医者は三日おきだけど。不自由はしないわ」

部屋には、ブック・パソコン一台に、ゲートウェイ社製のタワー型パソコンが二台あった。

　一四インチのテレビが、携帯電話のトラブルと、ハワイでの爆発事件を流していた。

「適当なところへ掛けてちょうだい」

　タライアは、レースのカーテン越しに陽の光を一瞥《いちべつ》すると、車椅子を、特製テーブルの下に入れた。

　顔色はまああという感じだったが、明らかに疲労が読み取れた。

「カーテンを引きましょうか？　ディスプレイに映《うつ》り込みが出てます」

「ああ、そうね。お願い。人生の終わりが近づくと、陽の光が愛《いと》おしくなるものなのよ」

　モルダー大尉は、分厚い遮光《しゃこう》カーテンを引いた。

「ダナ、私は、自分の人生で一度も希望を失ったことはない。一度も絶望したことはない。それが自慢なのよ。私たちはどんな問題でも克服《こくふく》できる。そのアメリカン・スピリッツが、この国を成長させてきたのよ。いいじゃないの。みんながサイバーワールドに対して夢ばかりを語りすぎたんだから。その現実を、目《ま》の当たりにする瞬間があってもいいじゃない。人は経験でしか学ばない。この数日のことは、歴史の教訓として生きるわ」

「われわれの経済損失は、もうカウントできません。破滅的な状況です。ホームレス向けの給食センターだって、寄付する側に経済的ゆとりがないと運営できないんですから」

「ああ、痛いところを突くのね。たしかに私たち運動家には、世界経済の減速や資本主義社会の矛盾《むじゅん》を歓迎する傾向があるわね。でもね、少しでもプログラムを囓《かじ》った私の経験から言わせてもらうと、これは組織のサーバを管理する人間の判断ミスよ。いくら業界が、これからはイントラネットだと煽《あお》ったからといっても、そのセキュリティが弱いことはみんな知っていたんですから。それを承知で導入に踏みきった者の責任よ」

「すでに犠牲者を出しました。一刻も早く検挙しないと、また次の犠牲者が出ます。病院や臓器提供センターのイントラネット網に誰かが侵入し、患者のカルテの血液型を書き換《か》えるだけで、死者が出ます」

「いるでしょうね。そういう悪戯《いたずら》をする輩《やから》が。でも、それだってもう手遅れじゃないの。今ごろあのファイルは、そこいらじゅうでコピーされ、世界じゅうに出回っているでしょう。たったの一時間で。今さらそんなこと悔《く》やんでも仕方ないわ」

「ハワイの一件で教えてほしいんです。ウォッターズは、わざわざハワイにわれわれを導くような証拠の残し方をしました。何か理由があるような気がしますが」

「理由……。そうね。私もしばらくそれを考えていたわ」

タライアは、モニターの前から車椅子を離し、モルダー大尉に向き直った。

「あれは六九年ごろだったかしら。私は、軍のベトナム戦争の脱走兵を国外へ逃亡させるグループに関わっていたことがあったわ。ＦＢＩやＭＰ、ＣＩＡまでも、一生懸命スパイを送り込んで来るのよ。ある時、ＭＰに脱走ルートが露見しそうになったことがあって、私たちは彼らから逃れられる手はないものかといろいろ思案したのね。そこで、いつ発覚してもいいカムフラージュ用のルートを開拓することにしたの。起点と終点を除いて、それに関わっている人々は、すべて脱走兵が本物だと信じて作業するんだけれど、実際に脱走するのはボランティアのスタッフで、兵士じゃない。そのうち、スタッフにＦＢＩへの情報提供者が潜《もぐ》り込んできて、彼をそのルートの中核に据えて、時間を稼《かせ》いだことがあったわ。ＦＢＩは、逃亡ルートを突き止めたと思って、大はしゃぎ。彼らはルートを壊滅《かいめつ》させることはできたけれども、脱走兵を確保することはできなかった。ところで、ここで大切なことはね、本物の情報をどこかに潜り込ませることなのよ。本物の経路をどこかで一度は使うことなの。この作戦の効果は二つあった。第一に、時間を稼げる。捜査当局は、取りかかった捜査から、ある程度結論が出るまで離れられないから、それだけでも時間を浪費することになる。第二に、彼らは、それが失敗だと判断した場合、もうその周辺部は疑わない。捜査の隙《すき》が生まれるわ。このハワイに関しても、たぶん同じことが言えるでしょう」

「では、マーフィ・グループはまだハワイにいると？」

「いえいえ、ハワイになんかいないわよ。私がもしハワイから指令を送るのであれば、その偽装アジトは、ロスかサンフランシスコあたりに置くわ。そんなもの、いくらハワイ諸島が分散しているといっても、ＮＳＡや軍の情報収集能力《シギント・パワー》をもってすれば、いつかは探知できるんですから。彼らがハワイに貴方がたを誘ったわけは、衛星の中継ポイントを、そこから遡及《そきゅう》させないためよ。彼らはね、ハワイにいるんじゃなくて、太平洋の静止衛星軌道上の中継ステーションを利用しているのよ。貴方がたは、いずれは、ハワイの別のエリアを疑うようになるでしょうけれど、中継ステーションそのものの流れを疑うようなことはしないわ。だから、マーフィ・グループの最終的な狙いはそこにあったと見ていいでしょう」

「そうすると敵は、アジアのエリアにいるということですか？」

「そう考えていいわね。オーストラリア、シンガポール、日本。大量のデータ通信を行なっても疑われないエリア。私の見るところでは、この三カ国のいずれかでしょう」

「さらに絞れますか？」

「難しいわね。たとえば、日本の企業や大学のファイアウォールは竹垣《たけがき》みたいなものですから、いつでも潜り込んで拝借できる。他方、シンガポールやオーストラリアは、彼らアメリカ人が溶け込むにはいい環境だわ。でも、たぶん日本でしょう。理由は一つ。回線の太さが、シンガポールやオーストラリアと桁《けた》が違いますから。それだけ自由に往来できる。誤魔化《ごまか》せる」

　モルダー大尉は、プリント・アウトした数枚の用紙をタライアに差し出した。

「このリストを見ていただけませんか？　ウォッターズの専用機のパイロットの証言にあった、兄妹ハッカーのリストです」

「そのパイロットは自分たちのことをハッカーだと名乗ったわけじゃないでしょう？」

　タライアは、そのリストを上からなぞった。

「おやおや、デジタル・デーモンズがいるじゃないの。自分たちは絶対にボロは出さないと自慢していたくせに。でも……、私が知っている、もっと悪質な連中の名前が二、三欠けているわね。マーフィ・グループのメンバーだと名乗っている人間も、噂《うわさ》されている人間もいないわ。この中にいるかどうかは、五〇《フィフティ》、五〇《フィフティ》でしょう」

「タライアさんがご存じの、兄妹ハッカーの名前を教えてもらえますか？」

「お断わり。でも、その連中が関わっているかどうかに関しては、私なりに調べてみます。ダナ、私はこの連中の行為を許す気はさらさらないけれど、貴方がたとの協力関係に関しては、越えるべきでない一線は守るつもりです」

　モルダー大尉は難しい顔をした。そうやって抗議するのが精一杯だった。

「そんな顔をしないの。本来、ＮＳＡがやるべき仕事をやっているんですから」

「われわれにだって、権限が与えられれば、もっと多くの情報を得ていたんです。それに反対したのは、タライアさんやセトルズさんじゃないですか？」

「ダナ、国家というのは、執行権を持っているのよ。執行権を持つ人々というのは、国民から厳《きび》しく監視され、さまざまな制約を課せられて当然なんです。その中で、完璧な仕事をしてみせてこそ、プロなのよ。状況に甘えちゃいけないわ。それより、オープンスカイ・プログラムの中身を洗いなさい。プログラムには、個人の思想が出るのよ。その作り方を読めば、誰が作者か解るかも知れないわ」

モルダー大尉は、タライアの頰にキスしてそこを辞した。タライアの推測がどの程度当たっているか、彼女にはまるで自信がなかった。

飛鳥らは、硫黄島のブリーフィング・ルームのソファで横になっているところを、東京からの鳴海の電話で起こされた。

すぐさま離陸準備をしろということだったが、ベースへ戻れということなのか、どこかのエリアへ向かえということなのかは、はっきりしなかった。

「場所をはっきりしてください。ベースへ帰っていいのであれば、荷物は置いて帰るんですよ」

「ちょっと待ってくれ。しばらく時間をくれ」

鳴海審議官は、電話口の向こうでそう言った。日本は、まだ午前四時を回ったところで、ファイアウォール崩壊のパニックからまだ取り残されていた。

大手企業のメイン・フレームやメイン・サーバは、深夜のコンピュータ・ルームで情報を垂《た》れ流し続けていた。

須米等木二曹は、為《な》す術《すべ》なく、過ごしていた。警察も経済産業も、ファイアウォールの完全な突破という事態を想定したことはなかったし、たとえネットワークに関するトラブルが発生したとしても、利用者の限られる夜間は、被害も少なければ、影響も限られる。そもそも、ファイアウォール突破のニュース自体を流すことが、この時間帯では不可能だった。

この事態に対応できたのは、ほんの一桁《ひとけた》の、夜間もサーバ管理の社員を配置している商社など、ごく一部だった。

「小牧《こまき》へ帰らせるか？」

「本土近辺は意味がありません。沖縄《おきなわ》周辺は米軍がいるし、訓練を終えた第七艦隊もいます。そもそも、敵が東京にいたら、まず捜しようがないし、もちろんブルドッグの武器では攻撃のしようもありません。敵がどこにいるかではなく、ブルドッグに出番があるかどうかで判断すると、北しかない。千歳《ちとせ》へ向かわせてください。米軍と役割分担といきましょう」

「うん。解った。飛鳥君、聞こえていたかね？」

「ええ。まあ、無難な考えじゃないですか。われわれは千歳へのフライトプランを作って飛びます。到着は早くても九時か一〇時ごろでしょうが」

「頼む。われわれに何ができるか、検討してみる」

須米等木は、シンクパッドで首相官邸のホームページをリロードさせながら、「会社が始まったら国じゅうパニックですね……」と呟いた。

「どのくらいの損失を被《こうむ》ると思う？」

「日本のハッカーにも、もう渡った後でしょう。総理大臣の顔写真をポルノグラフィと変えられるぐらいならまだましです。データの盗難も。企業はパニックに陥《おちい》るだろうし、それで新製品開発にも影響を及ぼすだろうし、あるいは、裏帳簿を盗んでメディアに投稿するような、正義漢ぶったハッカーも現われるでしょう。彼らは、ファイアウォールを突破せずに、恒常的に入れる手段をすぐ発見します」

「どうやって？」

「一度入ってしまえば簡単なんです。そこのシステムの弱点はすぐ見つかります。たとえば、滅多《めった》にアクセスしない社員のパスワードを盗んで、それで以降も侵入し続けるという手があります。あるいは、適当なユーザーをでっち上げて、新入社員になりすましてもいい。しかも自分自身にセキュリティ担当の特別クリアランスを与えて、自分の存在を隠してもいい。一般には、ファイアウォールが突破された後は、同じ手でハッカーし放題のように受け取られますが、彼らはそれほどバカじゃないし、サーバ管理者も同様です。ハッカーはすぐ変身しますよ。問題はやはり、生命倫理や、個人のプライバシーに関わる部分でしょう。エイズ患者のデータや、個人のローン・リスト、こんなのを横取りして流すのは序の口です。プライバシー上の問題というだけで実質的な被害はない。でも、たとえば患者のデータの固有情報の、たった一カ所を書き換えると、人命に関わります。血液型、アレルギー反応、その他。これらは目に見える障害ですが、ネットワーク会社やＮＴＴ、ＫＤＤのシステムに枝から入り込んで細工されると、ある日突然、テレビも電話も、情報網が一斉《いっせい》にシャットダウンするなんてことになりかねない。この事件は、解決されても長く尾を引きますよ」

鳴海は、各省の担当者に、ここへ顔を出してもらうことにした。

もはや、事態は一国の安全保障という枠《わく》組みを越え、人類社会の存亡の問題と化しつつあった。

6章　プログラム

モルダー大尉がTOPSのオペレーション・センターに帰ると、正面モニターの中央に、プロジェクターが置かれ、エディタで読み込んだオープンスカイ・プログラムの本体が映し出されていた。

プログラムの本体は、どんなに複雑なものでも、単に数字や制御コードの集合体でしかない。

TOPSに集められた俊英たちが、その他人が書いた。プログラムを素っ裸にしながら、あれこれと論じ合っていた。

「このブロックに、暗号が掛けられている。凄《すご》いな……。まずこの暗号を解かないことには、本体そのものは覗《のぞ》けない仕組みになっている」

「だが、全部じゃない。この暗号プログラムを走らせる部分、CFGの拡張子のこれは、すっぴんのプログラムだ」

「たった一〇〇〇行だぜ。癖《くせ》といっても……。一〇〇行ごとにブロック化されている。ここに秘密がありそうな気がするが……」

モルダー大尉は、その背後に立って訊《き》いた。

「ケビンのサインとかないの？」

「いや、何らかのサインはあるかも知れないが、全部暗号化されている。本体は五本のプログラムからなるんだが、われわれが読めるのは、暗号化プログラムを解除して本体マクロを走らせるためのスタート・キーだけだ」

　スカリー捜査官が眉根《まゆね》を揉《も》みほぐしながら答えた。

「このブロック構造をどう思う？」

「軍隊のプログラマー教育課程では教えない方法ね。ほら、ブロックの最後に制御コードを入れてスピード・アップを図《はか》っている。軍隊じゃないけれど、見たことあるわ。こういうの。こういう、ちょっと面倒なテクニックを使う人々を」

「どこで？」

「軍と取引のある、コンピュータ・メーカーのプログラマーはよくこういう小細工《こざいく》をするわ。軍のネットワークを覗いてみれば似たようなのがあるかも知れない」

「軍のシステムを熟知した人間だとしたら、厄介だな」

「熟知しているという程度ならまだましよ。作った張本人だったら、目も当てられないことになるわ。プログラム師団に警報を出さないと。そこから製作者を辿《たど》れるかも知れないわね。ハワイのほうは何か解って？」

「いや、何もない。ヒロはパニック状態だよ。ウォッターズの指紋と、エアラインのチケットとの照合が始まっているが、たぶん一週間はかかる。望み薄だね。株式マーケットは、八七年のブラックマンデーを上回る二六パーセントもの下げ幅で閉じた。ブラックマンデーの再来を防ぐために導入されたサーキット・ブレーカー・システムも役に立たず、取引が再開されるごとに下げる一方。まさに破滅だよ。アッカーマン局長は寝込みたい気分だろうな。日本に展開する米軍の電子戦部隊は、まもなく行動を起こす。北から南まで、漏れなく情報収集を始めるだろう。ま、日本といっても、都会のど真ん中でパラボラ・アンテナを立てられていちゃ、どうしようもないがね、どこか辺鄙《へんぴ》なところからなら、探知できるかも知れない」

「彼らは、いい場所を選んだわね。情報網が発達している一方、サイバー犯罪には免疫《めんえき》がないから、やりたい放題。捜査しようもないわ」

「何か手があると思うかい？」

「見当もつかないわ。だって、日本のＴＯＰＳの窓口って、外務省なんでしょう。どこまでやってくれるのか……」

「ああまったくだ。せっかくここまで追い詰めたのにな。奴らは俺たちより一枚上手《うわて》だ」

モルダー大尉は、ある種の虚脱感にとらわれていた。追い詰めたとは思わないが、ここまで追って、治外法権エリアに逃げ込まれるのは何とも残念だった。

飛鳥三佐は、ブルドッグの機長席にいた。ここが彼のいるべき場所であり、彼の指が動くのは、キーボードの上ではなく、このコクピットの中でだった。

「まあ、何にせよ仕事があるってのは嬉《うれ》しいよな。俺が活躍するのはここだから」

「何言ってんのよ。千歳で仕事があるわけじゃないんですからね。向こうでもみっちり勉強してもらいます」

副操縦士席の歩巳麗子は、東の水平線に視線をやりながら言った。

太陽が顔を出すにはしばらく時間があったが、もう水平線は明るくなっていた。

「敵が東京に潜《ひそ》んでいたらどうするんだ？」

「手はないわね。自衛隊や総務省の監視車両をかき集めても、彼らの周波数と、企業のデータ通信を区別することなんて不可能よ。米軍の監視が厳《きび》しいから、都市部を外《はず》れたところにいるとも思えないし、のちのち、アメリカから非難されるのがオチだわね。日本はサイバー・ウォーへの備《そな》えを怠《おこた》って、アメリカの被害拡大を助長したと」

「俺には関係ないね。俺が司《つかさど》るのは、大砲と機関銃であって、盗聴器やパソコンじゃない」

「いずれ、それですまなくなるわよ」

ブルドッグは、フル装備のまま午前六時に硫黄島を離陸し、千歳へと針路をとった。

出番が来たという意識は、彼らにはなかった。

外交上の弱みになる……。

鳴海審議官は、警視庁の鴨志田徹《とおる》警視正、経済産業省の春日浩介《かすがこうすけ》機械情報産業局課長補佐、総務省の小糸豊児《こいとよじ》電気通信局課長補佐を前にそう口を開いた。

「困りましたね。いかにも日本が、サイバーテロリズムに寛容であったような印象を与える恐れがある。あとあと、いろんな分野での交渉で持ち出される羽目《はめ》になる」

「そんなこと言ったって、向こうだってニューヨークのど真ん中であれをやられて探知できるわけでもない」

「町中はないでしょう」

偉いさんにお茶を出す須米等木二曹が言った。

「公衆回線は不安定すぎるうえに容量も限られるし、衛星を使うとなると、パラボラが目立ちます。いくら日本企業が衛星を利用したデータ通信を盛んにやっているからといっても、公安方式で探せばいずれは解る。彼らはヒロのケースと同じように、人家から離れた場所にいます。若者のクラッカー連中を部屋に閉じ込めておくためにも、プレイスポットがたくさんある東京周辺はよくない。たぶん地方でしょう」

「地方のパラボラなら、なお目立つじゃないか？」

「ええ。ですから、人里離れたところということになります。電力も、たぶん自家発電です。われわれは、彼らに衛星と場所を提供しているだけでしょう。衛星への漏れ電波を拾うのはことです。あの米軍ですら、ヒロの漏れ電波をキャッチできなかった」

「とにかく、捜索しているという姿勢をアメリカに見せなきゃならない。現に探し出さなきゃならないが……」

「航空自衛隊が持っている電子戦機、海自が持っているEP－3Dをかき集めても、ほんの五機しかいません。米軍とゾーン分けしても、できることは限られる。もともと、衛星通信用のビームというのは細いですから、運よくその経路に入り込まないとキャッチできない。野球場で、垂直に垂らされた透明の糸を、両手を広げて探り当てるようなものです。こちらの速度が早すぎれば、たとえ糸に触れても、それが解らない。スピードが遅ければ、効率が上がらない」

「見通しは暗いだろうが、やってもらうしかないだろうな。次に、国内の影響を考えなきゃならない」

「経済産業省としては、大手業界団体に、昨夜から電話を掛けまくりました。ホワイトハウスのホームページが乗っ取られた三〇分後には、すでに大手パソコン通信の掲示板に、例のオープンスカイ・プログラムが登録されました。国内であれを入手した者は、一〇〇〇名は下らない。日本で被害が出るのは、これからでしょう。朝や夜のニュースで大騒ぎになり、ハッカーでもなんでもない、ただのネットワーカーたちが、ほんとにそんなことができるんだろうかと試してみることになる。それは、総務省さんの領分ですが」

「広報体制は整えましたよ。まず、あらゆる企業の、イントラネットのメイン・サーバの電源を落とさせ、電話とＦＡＸの利用を励行《れいこう》させます。個人に関しては、このプログラムの利用が完全に違法行為であることを周知徹底させます」

「影響はどのくらい残ると思う?」

「それは、このプログラムに対して、有効なファイアウォールを確立できた時です。下を見ても半年はかかるでしょう。それまでは、ＦＡＸと電話でカバーするしかない。これでも、日本はアメリカより影響が小さいでしょう。イントラネットを導入した企業は、まだそれほど多くはないですから」

「須米等木君、さっきの話を頼むよ」

「はい。実は、このオープンスカイ・プログラムの中身を覗いてみたのですが、軍に近いプログラムの手法を使っています。それほど珍しい手法ではありませんが、私が出たＵＣＬＡでも、同様の書き方を指導する研究者がいました。いずれ、軍のネットワークにも侵入するでしょう。かなり高度な技術の持ち主です。自衛隊のネットワーク関係者には、すでに警報を発しました。通信、コミュニケーション、レーダー網に至るまで、すべての回線網のクラックを想定するよう警報を発しました。彼らの最終目的は、軍のネットワークを破壊することです」

「何のために？」

「政治的な背景があるようには思えません。もしどこかの国の陰謀に加担しているのであれば、もっと早くに、奇襲という形で行なえたはずですから。たぶん、クラッカーとしてのプライドの問題でしょう。ファイアウォールを突破した人間は珍しくもない。軍のシステムを一斉《いっせい》にダウンさせたとなれば、歴史に名前が残りますからね」

「こっちは何十億もの金をかけて整備してきたんだ。そんなことをやられたんじゃかなわない。財務省は、これで金利の引き上げが一年延びたと言っている。だいたい、セキュリティの確立されていないシステムを流行に煽《あお》られて導入するから……」

「警察としては、公安にフル稼働してもらいます。何か、これを辿《たど》って行けば、犯人グループに辿り着けるものでもあるといいんだが。たとえば、秋葉原《あきはばら》あたりで売っている、ちょっと特殊な半導体であるとか、アンテナの材料だとか」

「ありません。鴨志田さんがお持ちの日本のハッカーリストにもないでしょう。マーフィ・グループが日本で組んだ相手は、たぶんまだ一度も検挙されたことはないはずです。彼はおそらく、アメリカで長いこと暮らし、アメリカで教育を受けて、日本へ帰った世代だと思います」

「たとえば君のような？」

「そうですね。私のように、向こうで長いこと暮らし、そこそこの技術を身に着け、日本の企業にスカウトされたケースというのは珍しくありません。彼らはだいたい日本の状況に失望し、会社を飛び出してベンチャーを起こす。中には、妙なのも出ます」

「自衛隊のプログラムというのは、そんなに脆弱《ぜいじゃく》なのかね？」

「ええ、基本的に、部外者のアクセスを想定していませんから。まともな鍵と呼べるものがない。言ってみれば、一見《いちげん》の客はお断わりの高級料亭みたいなものです。入口を目立たなく作るだけで、シャッターを降ろしているわけじゃないですから。すでに入られているかも知れませんが、まあ、いい訓練になったで終わることを祈るしかありませんね」

「今日一日が正念場《しょうねんば》だと思うかね？」

「株式市場は破壊され尽《つ》くした後で、アメリカでは原発ももう何基か止められた。サーバ関係者の心の準備は出来ています。消費者《コンシューマ》に、多少の混乱は残ると思いますが、今日がピークと考えていいでしょう。新幹線の集中指令が止まったからといって、人が死ぬわけじゃないですからね。国土交通省も、昨日からレーダー管制の停止に備えて準備しています」

「できることをやるしかないですな」

須米等木は、衛星回線へ辿り着く術《すべ》はないものかと考えた。敵がどこにいるせよ、まず、彼らが利用している衛星が何であるかを突き止めないことには、地上からのビームを捕捉すること自体に無理があった。

須米等木が所属していた陸上自衛隊調査部別室は、もっぱら水平線の向こうで飛び交《か》う電波をキャッチするのが目的で、頭上の衛星波をキャッチ分析するのは不得手《ふえて》だった。

言ってみれば、夜道で、懐中電灯のビームを真上に向けているようなもので、その光を隣でキャッチするのはほとんど不可能だった。

須米等木は、鳴海に相談して、民航の第一便で千歳へと向かうことにした。

皮肉なものだとマーガレットは思っていた。

彼女がこつこつと身に着けた技術は、国家を欺《あざむ》き、騙《だま》し、出し抜くためのものだった。

彼女が初めてUNIX《ユニックス》マシンの前に坐って感じたのは、ジョージ・オーウェルの、科学がすべてを支配する不気味な世界だった。

依然として国家は脅威だった。この騒動が収まれば、NSAはきっと、電子メールの検閲権を遣《よこ》せと主張し始めるだろう。

一度、マーフィ・グループとじっくり話し合ってみたいと思った。

マーガレット・タライアは、受話器を取り、TOPSのモルダー大尉を呼び出すと、ラトウィック・キャットが、最後のネズミを捕獲し終えたことを告げた。

「ダナ、ハワイのFBIを至急呼び出してちょうだい。また罠《わな》かも知れないけれど、ひとつ鍵を拾ったわ」

「やはりハワイにいたんですか？」

「いえ、逆探知網に証拠を残したかも知れないということ」

モルダー大尉は、受話器を置かずに、そのままヒロ警察へと電話を掛け直した。


ヒロ警察は、まだてんやわんやの状況で、ホノルルからどっと押し寄せたマスコミ連中を捌《さば》くのがやっとだった。

「ほんの数時間で、捜査に進展はあったのかって？　聞くほうも聞くほうだよな」

「それが彼らの商売ですからね。でも、一週間前道路ですれ違った一〇〇〇人の見知らぬ人間の一人について、思い出したら教えてくれっていう私たちも異常よ」

ダンジガー捜査官は、ホノルルから到着した応援部隊に後を任《まか》せて引き揚げようかというところだった。

ヒロコ・ロータス警部は、まだ現場に居残ったマクジョージ少佐から回って来た電話を、どこか上《うわ》の空の状態で聞いていた。突然割り込んできた嗄《しわが》れ声は、ディズニーアニメに出てくる老婆のような感じだった。

「聞いているの？　警部さん」

「ええ、はい――」

「貴方がたが今ホノルルで抱えている盗聴事件ね、何件あるの？」

「すべて麻薬捜査絡《がら》みだったと思います。私が直接把握しているのは三件です」

「それは、バグ方法なの？　それとも交換機？」

「交換機です。バグ方法は成功率が低いし、人員を取られますから」

「それはけっこう、おおいにけっこう」

タライアは、電話の向こうで踊りだしたい気分だった。

「電話局の技術者にすぐ連絡をとりなさい。ＩＢＭネットのアクセスポイントに、過去三六時間、大量にアクセスした者がいるはずよ。ダイアラーを使って。番号が残っているはずよ」

「われわれが盗聴しているのは、特定の番号です。その交換機すべてをカバーしているわけではありません」

「表向きはね。でも、交換機のタイプによっては、すべての履歴を一定期間保存できるシステムをもともと持っているのよ。普通はオフになっているけれど、警察からの依頼で盗聴や逆探知などを行なっている時には、そこから情報が拾われる。ホノルルのIBMネットのアクセスポイントは、交換機の構造上、貴方がたが盗聴中のある麻薬組織のすぐ隣にあるはずよ。平たく言えば、番号が近いということね。運がよければ、貴方は、少なくとも敵が過去に使ったことは間違いないアジトを探し出すことができるわ」

「解りました。至急、調べさせます」

ロータス警部は、狐に摘《つま》まれたような感触ながらも、すぐさまホノルルへと電話を入れ、必要なデータを揃《そろ》えておくよう告《つ》げた。

ロータス警部は、タライアが何者か知らされなかった。自分たちが極秘捜査を行なっている組織はもとより、それの盗聴を行なっていることまで、どうして漏《も》れたのだろうかと思った。

ハワイ警察のイントラネット網はとっくに閉鎖されているが、そこから漏れたのだろうか？

誰か、あたしの「離婚歴あり、男性とうまくいったためしがない」という身上書を持ち出さなきゃいいけれどと思った。

ロータス警部は、本部への連絡事項をすませると、ダンジガー捜査官と今後の身の振り方を話し合った。

捜査が始まったばかりというのに、現場を去るのは心苦しいところだが、犯人グループに繫《つな》がる微《かす》かな証拠となると、見逃すのも癪《しゃく》だ。速《すみ》やかにホノルルへ引き返すことにした。
爆発現場に残るマクジョージ少佐とワン教授を回収して、
ロータス警部は、タナカ署長に、「必ず犯人の首を下げて帰って来るわ」と別れのキスをして空港へと向かった。

諏訪ジョージ博司は、午前七時、テントの中で目覚めた。すでに太陽は水平線の向こうにあった。

半径二〇〇メートルをカバーするように、羆避《ひぐまよ》けのスピーカーが設置してあり、人間には聞こえない周波数帯域の音波が、かなりの音量で流されていた。

マット・ベーカリーの話だと効果があるということだったが、本当かどうか疑わしかった。

幸いなことに、餌《えさ》が豊富な時期なので、餌目当てで襲われる危険は低いといえた。低いというだけで、ないというわけではなかったが。

「マットからです。インターネット・フォンで。国土交通省のデータがどうのこうのと言っているんですが、彼、早口なので……」

彼を起こした新堂青年が、ヘッドセットを差し出しながら言った。

「ああ、解った。何か飛んでいるのか？」

「航空自衛隊の輸送機です。スピードから判断しても、ジェット機じゃありません。ただのプロペラ機ですね。フライトプランは千歳へ。問題は離陸場所でして、硫黄島からです。時間がちょっと不自然ですけど……」

「ああ、解った。マット？　マット？　ジョージだ。輸送機がどうかしたか？」

「おはようジョージ。早朝のヒロの事件は知っているか？」

「ああ。われわれは警告したし、避難する充分な時間を用意した。ヒロ警察の責任だ。そうどこかのサイトに書いておけばいい」

「ああ、ちょっと気が滅入《めい》っている。第七艦隊は南下しているようだ。空母を連れて。硫黄島を飛び立った日本の輸送機が、ちょっと気になったんでね」

「ハーキュリーズだろう。もし心配なら、千歳へ降りた後、どこへ向かうかワッチするよ」

「頼む。今日半日粘《ねば》れば、われわれは必要なものを入手できる。昼すぎまでの辛抱《しんぼう》だ」

「そうだな。鮮《あざ》やかに脱出して消えるとしよう」

あと半日辛抱すれば、この反吐《へど》みたいな国とも永遠におさらばだ。


ありなないわ……。

モルダー大尉は、AT&Tホノルル支局の技術者との電話口でそう呟《つぶや》いた。

「セクターは、インマルサットのものなんでしょう？」

「ええ、しかし、そのセクターが発効されたという形跡はありません。ただ存在するだけです」

「まるで幽霊？」

「ええ、しかし、似たような前例はあります。ハッカー・グループに以前、同じ手でタダ掛けをやられたことがあります。あれからセキュリティ度は上げたつもりなんですが……」

「何回線？」

「五回線です。三本はもっぱら公衆回線へ。残り二本は、うちの一番太い商用回線へと繋がってます。切るかどうかの判断をください」

「全部インターネットへ繋がってるのね？」

「ええ、ですから、リアルタイムで行く先を辿るのは不可能です。ただ、最初に拾った衛星がどこかは解りません。実のところ、どの衛星から降りているかも解らないんです。そこが不思議でして……」

「そんなバカな。ハワイの上にいるやつなんでしょう？」

「インマルサットには、その形跡はありません。上からインマルサットの回線で降りているのは確かなんですが。どこで拾ったかが解らないんです。まるで、宇宙空間で回線ジャックに遭ったような感じで……」

「おかしいじゃないの？　双方向なんだから、データを降ろしている先があるはずじゃないの？」

「止まってます。それで地上に返って来ているんですが、うまいことループで誤魔化しているようです」

「じゃあ、彼らはどこで拾っているのよ？」

「解りません。形としては、ハワイ上空のインマルサットからダウンリンクし、インマルサット以外のどこかで拾っているとしか思えません。まるでミステリーです」

「了解、こちらで考えてみます。ちょっと待ってちょうだい。囮《おとり》の可能性もあるし」

モルダー大尉は、さっぱりわけが解らなかった。そこに何かがありそうなことは解ったが、それが何かはまるで見当もつかなかった。

タライアに電話を掛けると、彼女は上機嫌だった。

電話の向こうで、彼女がキーボードを叩いているのが解った。

「……ええ、なるほど。軍のプログラムを弄《いじ》った経験があるプログラマーなわけね。ええ、だんだんと見えてきたわよ。ダナ、私たちは核心に近付きつつある。北米防空司令部《NORAD》の担当者に伝えなさい。遺棄衛星のデータを洗えと。太平洋上空の静止衛星軌道上にある各国の遺棄衛星を彼らは利用しているのよ」

その手があったかとモルダー大尉も気付いた。利用されなくなったといっても、人工衛星のほとんどは太陽電池を電源として利用している。

指令誘導に応《こた》えさえすれば、衛星本来の目的を達することはできなくても、データ通信程度のことはできる。

「いい、彼らは十重二十重《とえはたえ》の通信網を持っている。たぶん、衛星が駄目なら、地上の公衆回線を使うでしょう」

「でも、遺棄衛星といっても、太平洋上空だけでも数百個に上ります」

「ロシアから当たりなさい。日米の衛星は、遺棄されていても、こちらからの指令誘導で簡単に割り込めるけれど、ロシアの衛星はそうもいかない。捨てた後に、動かすのは大変ですからね」

「そうなんですか？」

「ダナ、私たちはねぇ、国家が情報を支配する悪夢に常に備えて来たのよ。マーフィ・グループが、こんな悪ふざけを思いつくずっと前から、ジョージ・オーウェルの世界を迎えた時に、どうすればＮＳＡを出し抜けるかずっと考えていたの。辿り着くところは、彼らも私も一緒だった。それだけのことよ」

最初から教えてくれればよかったんだ……。

「貴方の言いたいことは解るけれど、これは本来私が教えるべきことではないんです。でも、騒ぎが収まれば、いずれは彼らの手口は解るわ。ここで私が知らん顔しても始まりませんからね」

「とにかく、ＮＯＲＡＤに協力を求めます」

ＴＯＰＳにも衛星の専門家を一人ぐらい入れておくべきだったと後悔した。


須米等木二曹を乗せた民航のジャンボは、ブルドッグより三〇分早く新千歳空港に着陸した。

須米等木は、空自が差し回したジープに飛び乗って二〇一飛行隊のブリーフィング・ルームへ駆け込むと、東京からのメッセージを受け取った。

シンクパッドを電話回線に繋ぎ、パソコンから外線電話を一本掛けた。

須米等木は、相手が出ると、名乗らずに、向こうが準備を整えるのを待った。

後ろでかかっていたラテン音楽が、騒々しいジャズに変わった。

「Ｒ２ブラボー、行ける？」

「チェンジ・スタンバイ……、ＮＯＷ」

スクランブラーが走り始める。そこで、二人はようやく安心して話すことができた。

「須米等木です、ご無沙汰《ぶさた》しています」

「そっちは安全なのかい？」

「ええ、まあ。あまりそういった気遣《きづか》いができる状況ではありませんでして」

「そんなにひどいのかい？　君を煩《わずら》わせるとはねぇ」

「さっそくですが、衛星を洗ってほしいんですが」

「使っているのかい？」

「ええ、たぶん間違いないと思います。インマルサットにどこかで潜り込んでいるようです」

「そんなのは無理だよ。ＮＳＡもＮＯＲＡＤも見張っている」

「ええ、管理している衛星についてはね。あるいはヒューズのデコーダーを搭載している日本の衛星とか」

「となると、かつて中国やソヴィエトが打ち上げて役割を終えた衛星ということになるな。それも静止衛星軌道にあるもの。安定しているものは、たぶん一基もない。ちょっと待ってくれ……」

　電話の向こうで、パソコンが操作される気配がした。

「このごろはどうです？」

「うん。空気が悪くなる一方でね、天体観測も楽じゃない。公安はしつこいし、あれは何かね、君らがスパイ衛星をほしがっていることと関係しているのかね」

「まあ、そんなところでしょう。懐《ふところ》を覗かれるのはいい気分はしませんからね」

「隠し立てをするから、ハッカーなんか出て来る。ああ、出て来たぞ。過去五年ほどの打ち上げで、まだ使い物になる衛星と言えば……。このコスモスは駄目だな……。全部でほんの五、六基だ」

「めぼしいのを教えてください」

「使えるのは一つしかないな。北半球の資源探査用に九一年に打ち上げられたグローブ衛星だ。ほかは、肝心《かんじん》のトランスポンダが殺《や》られたり、バッテリー関係が完全にアウトで遺棄されたから、そもそも使い物にならない」

「そのグローブ衛星はどうして捨てられたんです？」

「合成開口レーダーを搭載していたんだが、姿勢制御に失敗した。ガス自体まったく残っていないし、軌道も西から東へちょっとずつずれている。来月の今ごろは、たぶんロスの上空にいるよ。ただひとつ、問題がある。姿勢制御に失敗したせいで、アンテナの向きが歪《ゆが》んでいる。ロシアのインフォーマーから入手した情報では、北緯四三度程度が限界だ。つまり、北海道の北半分以上の緯度でないと、まったく通信できない。で、私の計算だと、北海道でもかなり東でないと、データのやりとりは無理だろう」

「ビンゴ！　彼らのオーダーにぴったりだ。南で駄目なら、キャッチされずにすみます」

「見返りは期待していいんだろうな」

「うちが衛星を持つ時は、仕様書ぐらい、ちらとお見せしますよ」

「うまくやってのけろよ。私は、ハイテク株をいくらか買っているんだ。さっき計算したら、今日一日で私の財産は五〇万は目減《めべ》りすると解ったよ」

「ご愁傷《しゅうしょう》様です」

窓から外を覗くと、ブルドッグが着陸して来るところだった。須米等木は、東京へ電話を入れ、こちらの調査結果を告げた。

ブルドッグがエプロンへ入って来る。燃料補給の間に、飛鳥と歩巳がコクピットを降りて来た。

「お土産《みやげ》ですよ、歩巳さん」

須米等木は、シンクパッド560をテーブルに置いた。

「これが象が踏んでも大丈夫っていう代物《しろもの》ね。お噂《うわさ》はかねがね、須米等木さん。自衛隊を辞《や》めて財務省へ来ればいいのに、技官として採用してもらえるのに」

「いや、こっちもなかなか面白いですから。さっき、民間の衛星ウォッチャーと話しまして、ソヴィエトが捨てた資源調査衛星が、マーフィ・グループのライフラインではないかと目星を付けました。その衛星を使うためには、北海道より北、しかも、道東ではないかとまで目星を付けました。あくまでも、こちらの推測ですが」

「それが正しいとして、どうやって探すの？　道東といっても、連中は水平に電波を飛ばしているわけじゃない」

「もし、われわれの目算《もくさん》が正しいとなれば、まず空自のエリント機が飛んで来ますが、おそらく、それに引っ掛かることはないでしょう。われわれが探すのは、一つには熱源です。自家発電を行なっているものと思われるので、その熱源を探します。第二に、もし燃料運搬が困難な場所であれば、彼らは太陽熱発電にも頼っているはずで、そのパネルは、太陽の光を乱反射します」

「つまり、真っ昼間に、シグナル・ミラーを探すようなものだな」

　飛鳥が尋ねた。

「ええ、でも、このシグナル・ミラーは、一枚ではありません」

「俺が敵なら、エンジン音を聞いた途端《とたん》に、パネルを隠す」

「たぶんそうするでしょう。ですから、それほど確実な方法ではありません。でも、ほかに術《すべ》がない」

「海上での人命救助の手法で飛ぶしかないな」

　飛鳥は、テーブル上のフライト・チャートを指でなぞった。

「ええ、ここからも三沢《みさわ》からも、救難飛行隊に出ばってもらいます。陸の対戦車ヘリ部隊、対潜哨戒機にも。八戸《はちのへ》のP－3Cがいい働きをしてくれるでしょう。二〇キロ四方に区切って捜索すれば、半日ですべてのエリアをカバーできる」

「了解、陸海空の担当エリアを調整しなきゃならない。すぐかかろう。ここから東にいたら手の出しようがないけどな……」

飛鳥の視線の先に、北方領土があった。


ニューヨークは、午後八時を回ったところだった。

TOPSのオペレーション・センターには、NORADからの公式なデータが届けられていた。

モルダー大尉は、会議室で、「敵はうまくやりました」と、素直に敗北を認めた。

「静止衛星軌道上では、高度がありすぎて撃墜する術はありません。もちろん妨害も不可能です。われわれは、グローブ衛星のデータバスのプロトコルを知りません。ロシアに照会して、研究所の倉庫からそれを探し出すには、一週間はかかります。何しろ、彼らにとっては、もう五年以上前に破棄した衛星ですから」

「インマルサットの回線を閉じられないのか？」

アッカーマン局長は、メモをとりながら質《ただ》した。

「彼らは周波数を変えるだけでしょう。もしそれをやるのであれば、太平洋のすべてのデータ通信を閉じるしかありません。それだけの犠牲を払っても、彼らはほかの資源探査衛星や気象衛星を中継衛星として利用するでしょう。増殖する癌《がん》細胞みたいなものです」

「手はないのか？」

「ありません。前線を潰《つぶ》すことに意味がない以上、司令部を叩くしかありません。見つかるかどうかは解りませんが」

「彼らがもしロシア領から作戦を展開していたらどうなる？」

「ロシアにその気がないのであれば、こちらで叩くしかありません。その場合は、発見できる確率もさらに下がります」

「よろしい。政治の問題なら、ホワイトハウスや国務省に仕事をしてもらうまでだ」

「しかし、かなり期待していいものと思います。あのエリアは、対ソヴィエト戦略を睨《にら》んで、もっとも濃密に軍事力が展開していました。アップリンクには、ある程度の設備と電力が必要ですから、完全に隠すというわけにもいきません」

「彼らは軍のネットワークには手を出さないのか？」

「いずれやるでしょうが、それは、われわれが彼らに近付いた時かも知れません。今は、情報を得るために、彼らも軍のデータを必要としているでしょうから。きっと、レーダー情報など、リアルタイムで覗いているはずです。彼らの技術を考えると、それを探知するのは困難です」

「FBIは何か収穫があったのか？」

「はい、兄妹ハッカーを突き止めました」

スカリー捜査官が、ファイルをテーブルに滑らせながら言った。

「サブリナ・タイラーと、兄のフランク・タイラー。サンフランシスコ在住の兄妹ハッカーです。二年前、レッドボックスを所持していて逮捕されたことがあります」

「レッドボックス？」

「はい。もっとも初歩的なハッキングでして、スピード・ダイアラーを改造して、電話のタダ掛けが可能になるレッドボックスになります。彼らは、このシステムをジャンクマーケットで売っていて小遣《こづか》い稼《かせ》ぎしているところを逮捕されました。FBIが自宅周辺を聞き込んだところ、ここ一カ月姿を見ていないそうです。別件で捜査令状を押さえてアパートを捜索したところ、珍しく部屋は片づけられ、デスクトップ・パソコンのすべてのデータには、MAD暗号が掛けられていました。われわれが把握しているほかの兄妹ハッカーはすべて居場所を確認していました。今、その筋のインフォーマーとコンタクトをとっていますが、フランクはここしばらく、金蔓《かねづる》を掴《つか》んだようなことをハッカー仲間に言いふらしていたようです。たぶん間違いないでしょう。引き続き捜索中です」

「その……、箱の中は覗けないのかね？」

「無駄な努力です。ＭＡＤ暗号は解読できませんから。彼らはいい武器を手に入れましたよ。昔みたいに、床下を掘るとか、ほかにセーフハウスを確保する必要もない。すべての証拠物件はデジタル・データにして、暗号プログラムを掛ければ、誰に渡ろうが、覗かれる危険はないんですから。この兄妹ハッカーの交遊関係を当たれば、たぶんボスの名も出てくるでしょう」

「マーガレット・タライアに、二人の情報をすべて渡してくれ。至急にな。彼女なら、何か解るかも知れない。明日の朝までに、せめて銀行のシステムぐらい正常に戻さないとクーデターが起こるぞ」

「でも、給料前で、金欠状態の時に止まってくれてよかったですよ。余分なお金を使わずにすみましたから」

「ああ、そういえば軍は明日が給料日だったね」

　金欠状態の時に家で食事を摂《と》らずにすんで幸運だったというのが、モルダー大尉の正直な思いではあったが。

　ここ二日間、彼女は、ＦＢＩ支局へのタクシーの行き帰り以外、一セントとて、自分のお金を使っていなかった。そのタクシー代さえ、すぐ経理から支給されたのだ。

諏訪ジョージ博司は、見張り台の上でキーボードを叩き、国土交通省の航空管制局のデータを拾っていた。

ほんの三〇分で、五〇機にも達する自衛隊の飛行計画が提出された。そのどれもが、道東地域での捜索救難活動を示していた。

マット・ベーカリーが、インターネット・フォンに出ていた。

「どう思う?」

「まだ見つかってはいないと思うな。それなら、こんなに数を頼りにする必要はない。自衛隊のデフコンが上がったことは確認している。ま、見つかるのは時間の問題だろう」

「じゃあ、そろそろ撤退するほうがいいか?」

「ああ、後はこちらで片付く。われわれも、部隊が出て来たら、すぐチップセット7《セブン》へ移行して脱出する。そちらの映像を送ってくれ。パワーは予定どおりだ。一週間後モナコで会おう」

「了解、すべて予定どおりだ。成功を祈る」

諏訪は、インターネット・フォンを切ると、すぐ撤収を命じた。

「太陽電池パネルはすべて閉じろ。隠蔽《いんぺい》できるものはすべて隠蔽する」

「電力はどうするんですか? 発電機の燃料は夕方までしか保《も》ちませんが?」

「それで充分だ。連中も昼すぎには撤退する。ほんの数時間保てばいい。急ぐぞ。そう簡単に見つかるとは思わないが、早めに脱出したほうがいいだろう」

彼らは、まず太陽電池パネルを畳み、見張り台を分解し、不必要なシステムをザックに入れて三〇分でそこを出発した。


二〇一飛行隊のブリーフィング・ルームには、全体ブリーフィングのために、六〇名あまりのクルーたちが集まっていた。

イーグル戦闘機を除いてT－4、イーグルDJ、救難飛行隊、ブルドッグの各クルーが集まっていた。

須米等木二曹が、各飛行隊の役割区分に関して説明した。

「八戸のP－3Cが、釧路《くしろ》から根室《ねむろ》までを。帯広《おびひろ》の第一ヘリコプター団が、帯広周辺の都市部を受け持ち、われわれは、網走《あばしり》から知床のエリアを受け持ちます。すでに、EC－1とEP－3Dが先発しており、もし敵が山間部で発電機を使用しているなら、エンジンが発する高周波音をキャッチできるかも知れません。われわれが当面探すべきものは、太陽光発電パネルです」

「もし敵が、北方領土にいたら？」

飛鳥が聞いた。

「その時は、ロシア政府の出方次第です。まあ、彼らは現在ろくな兵力を展開していないので、アメリカ政府がロシア政府を説《と》き伏せて、われわれに出番を回してくれるかどうかでしょう。もし駄目なら、敵の勝利ということになります」

「発見したら、一〇五ミリ砲を叩き込んでいいんだろうな？」

「いえ、爆発物処理班とともに、私が、現場へ向かいます。ドンパチはなしです。私も間もなく出ます。作戦の最高指揮権は、第二航空団司令に執《と》ってもらいます。注意すべきことですが、敵は、おそらく軍のネットワーク網に侵入できるだけの技術を持っています。ある瞬間に、ＧＣＡなど、すべてのデータ通信がダウンする可能性があります。それを念頭において作戦を遂行《すいこう》してください。三沢からはもちろん、Ｅ－２Ｃが飛びます。以上です」

第二航空団司令の阪井《さかい》茂光《しげみつ》空将補が黒板の前に歩《あゆ》み出て注目を求めた。

「正直言って、諸君。サイバー・ウォーなどというものに巻き込まれるのは一〇年は先だと思っていた。幸いにして、わが国ではまだ人的犠牲を払うまでには至っていないが、経済的損失はすでに莫大《ばくだい》なものになっている。これは、真綿《まわた》で首を絞めるようにわれわれの生活を苦しめるだろう。全力を挙《あ》げ、敵の本拠地を探し出せ。あまり時間はない。アメリカの東海岸が夜明けを迎えるまでに事態を解決しなければ、世界経済は崩壊する。必ず探し出してくれ。六時間以内に、本州からの応援部隊も到着する」

全体ブリーフィングが終わると、足の遅いブルドッグから先に離陸することになっていた。

飛鳥は、須米等木二曹に向かって「ディフェンダーは積んだままでいいのかい？」と尋ねた。

「はい。どこで必要になるかも解らないので、搭載したままでお願いします。まあ、よほどのことがなければ、下から攻撃を喰《く》らうことはないでしょう。もし、敵の送信局を発見したら、私が降りている間、援護をお願いします」

「了解、なんとなく乗り気がしないが、やるべきことはやるさ」

最新のウェザーをもらって、コクピットへと向かう。

離陸前チェックを行なっている間も、エプロンでは、整備員たちが忙しく走り回っていた。

「納得いかねえよなぁ……」

歩巳がチェックリストを読み上げている間、それに応《こた》えて機器を操作しながら飛鳥はブツブツ呟いた。

「何がよ。敵を捜せというのの、何が気に喰わないのよ？」

「銀行のＣＤが止まる、煙草の自販機が止まるぐらいのことで、いったい俺たちの生活の何に影響があるというんだい？　アメリカ経済が減速するってことは、円高になるってことだろう？　輸入する洋酒の値段が下がり、ドル建ての原油も安くなる。いいことずくめじゃないか？」

「何言ってんのよ、貴方。もういい歳《とし》なんですから、資本主義社会の構造を理解しなさい」

「申し訳ないが、俺は株も買ったことはないし、他人の金を右から左へ動かすだけで大金巻き上げるようなディーラーがいくら損しようが知ったことじゃない」

「そういうことじゃないのよ。株式市場というのはね、経済の健康状態を示すバロメーターなの。それは右肩上がりを宿命づけられていて、われわれ大人の人間みたいに、身体が成熟するなんてことはないのよ。子供みたいに永遠に成長しないと、経済活動は止まるの」

「それって、世間で言う自転車操業ってことかい？　東大出の財務官僚が五〇年かかって整備した日本の経済システムってのは、その程度のものだったのか」

「市場心理はどうしようもないわ。みんなが、やれインターネットだ、デジタル・キャッシュだと浮かれて、その御輿《みこし》に乗ろうという時に、それが張りぼてだってことを暴露されたんですから、それはみんないっぺんに興《きょう》ざめするわよ。だいたい考えてもみなさい。アメリカより、日本のほうが影響は大きいのよ。わが国の輸出品目は、今や自動車と工作機械と、パソコンしかないんです。自動車は現地生産が進む一方で上げ止まり、工作機械もアジアへの移転が進んでいいことなし。パソコンだって、中身は台湾製なんですから。でも、トータルでは、世紀末への唯一の景気の牽引《けんいん》車なのよ。なのに、誰かがいつでも、その中身を覗いてウイルスを植え付けられる、なんてことになってごらんなさい。輸出品目の三分の一にブレーキが掛かるんですから。それはまず貿易黒字の減少に拍車を掛け、いっそうの円安となって跳《は》ね返り、円安は資源エネルギーの高騰《こうとう》を招いて、最終的には物価が跳ね上がる。財務省の試算では、この二日間のパニックで、半年後、消費者物価を少なくとも一パーセントは引き上げるという結果が出ているんです。野菜だって、冬場は灯油を焚《た》いて育てるんですから。銭湯の料金も上がる。航空燃料も値上がりして、貴方の訓練時間も減らされるのよ」

「そいつだけは困る」

「ではガタガタ言わずにやることをやりなさい」

「自衛隊が、パソコンの習得をパイロットに求めるような日が来たら、俺はさっさと辞《や》めさせてもらうよ」

「賛成だわ。食わず嫌いの人間に国防を委《ゆだ》ねるほど、納税者は寛容でなくてよ」

ブルドッグは、新千歳空港を、正午に離陸した。

同時刻、八戸の海上自衛隊第二航空群第四航空隊から、一〇機のＰ―３Ｃ対潜哨戒機が、遠く岩国《いわくに》からは、ＥＰ－３Ｄ電子戦情報収集機がすでに飛び発《た》っていた。

航空自衛隊は、三沢から二機のE－2Cホークアイ早期警戒機と、CH－47輸送ヘリが、入間《いるま》からは、EC－1電子戦機と、YS－11EL／EL改が。

陸上自衛隊は、帯広の第一対戦車ヘリコプター隊から、一五機のAH－1Sコブラ対戦車ヘリが離陸して捜索を開始していた。

須米等木は、陸上自衛隊北部方面隊の爆発物処理班と合流し、UH－1Hヘリで、ひとまず帯広まで前進することになった。


アメリカ合衆国副大統領のアーロン・ガイガーは、ロシア大使館の、セミョーノビッチ・ウラノフ大使を、深夜のホワイトハウスに呼び出した。

ウラノフ大使は、パーティの途中に呼び出されたせいで、ご機嫌斜《なな》めだった。

赤ら顔で、すっかり出来上がっていた。

ウオッカの臭《にお》いをプンプンさせながら、落ち着きのない素振《そぶ》りで執務室を歩き回っていた。

ガイガー副大統領は、お付きの一等書記官、エレノア・ロストウに話が通じるだけましかと思った。

ガイガーは、この男に話すのは無駄だと判断して、ひとまず主を追い出しにかかった。

「お楽しみのところを申し訳ありません、大使閣下」

「他人行儀になる必要はない、アーロン。西側が今崩壊の淵《ふち》に立っているのはよく解っている。わがロシアにできることがあれば何でも言ってくれたまえ。もし君たちが望むなら、わが国の最高のプログラマーたちを派遣して、事態の収拾に当たらせてもよい。あのＴＯＰＳとかいう寄せ集め集団よりは、頼りになると思うぞ」

「光栄です閣下。実はその……、この件に関しては、すでにロストウ書記官と連絡を取り合っておりまして、大使の手を煩わせるまでもなかったのですが、少々話が込み入っておりまして」

「私が出る幕はないというのであれば、もう一度パーティに戻らせてもらうぞ。だいたい、わが国は、サイバー犯罪とはまだまだ無縁なのだ。君たちの失点の巻き添えを喰うのはいい気分ではない」

「おっしゃるとおりです、閣下」

ガイガーはそそくさと立ち上がり、足元がおぼつかない大使を背後から押して、ロストウにドアを開かせた。

「車寄せまでお見送りさせてください。ロストウ書記官をしばらくお借りしますがよろしいですかな？」

「ちゃんと朝までに返せよ。でないと、タブロイド紙にあらぬことを書かれて後悔するのは君のほうだからな。彼女の香水で骨抜きにされた政治家は多いのだ」

「無論です閣下。ロストウ書記官の家庭を壊すつもりは毛頭《もうとう》ありませんので」

ガイガーは、爺《じい》さんを車に押し込めると、エレノア・ロストウを連れて小走りに自室へと引き揚《あ》げた。

「エレノア、われわれは困っているのだ」

「閣下、グローブ衛星に関する、現在入手可能なデータはすべて提供しました。指令誘導のソース・プログラムはすでに書き換《か》えられていて、たとえ地上局の誘導システムが有効であっても、もはや制御はできないというのが、こちらの専門家の見方です」

「それは解っているよ。われわれが今現在危惧《きぐ》しているのは、マーフィ・グループの本拠地が、日本ではなく、君らと日本が領土権を係争している小島にあるのではないかということだ」

「クリル諸島に？」

「ああ、君らはそう呼ぶんだったな。さっき、君らがそのエリアに展開している兵力に関するブリーフィングを国防総省より受けた。彼らの判断は、ロシアは、マーフィ・グループを発見できるだけの兵力はとても準備できないというものだった」

「ええ、べつに場所がクリルでなくとも、極東では不可能でしょう。燃料すらまともにないし、給料は三カ月以上遅配されているはずですから」

「話は簡単だ。日本の軍用機が、該当空域で作戦行動することを容認してほしい」

「閣下、わが国にも落ちぶれたとはいえ主権があります」

「無茶を言っている」

「あのエリアは、非常に微妙な地域です。そこでよりによって日本の軍用機の作戦行動を容認することはできません。そういう弱腰な態度を採《と》ることもできません」

「エレノア。解ってくれ。これ以上混乱が続けば、ロシアへの経済支援どころの話じゃなくなる。世界経済が、わずか二日で崩壊するんだ。君らの国の原油やダイヤをありがたがって買う消費者も消え失《う》せる」

「本省へ報告はします。アメリカが、非外交ルートで、クレムリンへ働きかけることも黙認します。しかし、アメリカの申し出は、わが国の主権を踏みにじるものです。唯一、話し合いの余地があるとすれば、目立たぬようやることです。住民の目や、軍隊のレーダーに触れないよう行動してください。主権侵害の証拠がなければ、こちらも非難しようがないですから」

「ああ、国防総省の専門家が下した結論も同様だった。こっそり入って、こっそり始末するしかないとな。君たちの協力をぜひ得たい。私の願いはそれだけだ」

エレノア・ロストウは、無言のまま頷くに留《とど》まった。

ロシア人として考えても、あのエリアはよく言って治外法権、はっきり言えばロシアの主権も及ばない無法地帯みたいなものだ。
給料も生活物資も届けようとしない現状ではやむを得なかったが……。

7章　ブラックアウト

ブルドッグは、高度一二〇〇〇フィート（約四〇〇〇メートル）を保って東へ飛んだ。

真下で、陸の対戦車ヘリ部隊が積極的に展開しているのが解った。先発するのは、千歳の救難飛行隊のU－125A双発ジェットだった。

「ロシアがインターセプトを掛けて来たらどうするんだい？」

「ミグCAPに千歳のイーグルが上がるはずよ。上のことは気にしなくてもいいわ」

「目視で、キラキラ光るものを捜せと言ってもなぁ……」

飛鳥は、屈斜路《くっしゃろ》湖の水面を見下ろしながら呟《つぶや》いた。

「あるいは、人間でもいいわ。たぶん保守のために、人がいるはずだから」

「こんなところじゃ、羆《ひぐま》と人間の区別もつきはしない」

「間島さん、千歳と話ができて？」

「はい。まだ配備前の秘話装置を借りて来ました。大丈夫です。ただし、須米等木さんとしか話せませんが」

「了解。繋いでちょうだい」

歩巳は、日本のことよりも、アメリカの東部時間のほうが気になった。何としても、向こうの夜明けまでに片付けなければならない。

「こちらブルドッグ、須米等木さん、聞こえてます？」

「ええ、私はもうUH－1Hのキャビンです。今までのスクランブラーよりずっとクリアですよ。エンハサーをちょっと弄《いじ》ってあるので」

「アメリカの情報はある？」

「さっき、鳴海さんが、TOPSのアッカーマン局長から電話をもらったそうです。もし、敵の本拠地が北方領土にある場合は、目立たぬよう入って叩いてくれということです」

機長席の飛鳥が笑いだした。

「おいおい、道東を捜索するのだって、これだけ大規模にやっているんだぞ。目立たぬようになんてできるわけがないだろう。ブルドッグ一機だけで侵入しろというのかい？」

「結論から言うと、そういうことになるでしょう」

「ごめんだぞ。こんなプロペラ機で戦闘機とやり合うのは」

「ええ、その編成など、こちらで考えてもらっています」

「了解、まもなく捜索エリアに到着する」

「ひとつだけヒントがあります。もし、敵が北方領土にいるとしたら、知床半島のオホーツク側は無視していい。羅臼《らうす》より西も必要ないでしょう。根室にいるこちらのエリント網に引っ掛かりますから」

「そいつはありがたい。そうすると、国後島《くなしり》ぎりぎりを飛べばいいんだな?」

「あまり刺激しないように。それに、知床半島という可能性もありますから。まんべんなく捜索してください」

各種の電子戦機が到着するまでは、どれだけ高度を落とし、あるいはスピードを殺しても、既存の航空機では無駄だなという気がしないでもなかった。

三機の電子戦機、空自のEC－1、YS－11改EL／EL、そして海自のEP－3Dは、釧路へ上陸した後、一直線に知床半島へと向かった。

まず、北方領土という可能性を排除するためだった。

国後島の真ん中あたりに位置するエピカラウス山中腹のアジトでは、マーフィ・グループが撤退準備を行なっていた。

「ペンティアム・プロに、モトローラの石だぜ。ジャンク屋に持ち込めば一〇〇〇ドルぐらいは稼げる」

フランクは、サブノートを除くすべての機械を置いて行くことに、気乗りしない様子だった。

「これは、ここを始末に来るロシア人たちへのささやかな贈り物だ。残された機械は、売るなり使うなり自由にしていいと伝えてある」

マットは、すでに防寒着を着込み、サブノートが入ったザックを背負っていた。

車を捨てた場所まで、羆が出る獣道《けものみち》を少なくとも三時間は歩かねばならないのだ。

「しょうがないな。面白かったよ。南京虫《なんきんむし》とおさらばするのが残念だ」

フランクも、防寒着を羽織《はお》って、ザックの中身をもう一度点検した。最後のプログラムは、リターン・キーを押せば、ほんの六〇秒で作業を終える。

そして彼らは、ほんの数億ドルほどを懐《ふところ》にする。

ほんの数億ドルだった。彼らの技術をもってすれば、数十億ドルを瞬時にかすめ取ることも不可能ではなかったが、彼らは、気高《けだか》きクラッカーであり、盗人《ぬすっと》ではない。

不必要な額をちょうだいすることは、彼らのプライドが許さなかった。

この数億ドルは、社会と国家に対して、そのセキュリティへの警告を発したことへの、わずかな謝礼金としてもらうのだ。

フランクは、ザックを背負い、パソコンの前に立つと、この一週間寝食をともにした仲間の顔を見た。

「誰か、希望する者はいるかい？」

「半分は君が作ったプログラムだ。自分でやれよ」

「じゃあ、遠慮なく――」

フランクは、リターン・キーを押した。

国防総省《ペンタゴン》の奥深い扉が開き、アクセスコードが次々と突破される。

サブリナがカウント・ダウンを始めた。

「軍にとっての衝撃は、このほうが大きいでしょうね。あと三〇秒」

「のちのち、もっと稼いでおくんだったと思わなければいいけどね」

「散財しても、二、三年は遊べる。若いうちに大金を手にしても、どうせ身に付くわけじゃなし。事業を起こすんなら別だが」

「一〇秒切ったわよ……」

「システム管理者の首が飛ぶんだろうな」

「こんな脆弱《ぜいじゃく》なシステムを組み上げた奴らの責任だ」

「始まったわ」

隣のモニターに、ハワイ周辺のレーダー画像が映っていた。まるで、ガラスの上から小麦粉でも落としたように、無数の目標が出現し、画面を真っ白にした。そして、次の瞬間、画面はふっつりと消えた。

「ビンゴ！」

その瞬間、アメリカ空軍が全世界に保有するすべての防空レーダー、及び、アメリカ空軍に直結された各国空軍の防空レーダー網が一斉にダウンした。

「よし、チップセット9《ナイン》、行くぞ！」

フランクは、最後のプログラムを起動させて、リターン・キーを押した。

「これで、われわれも億万長者だ……」

今度は、カウントダウンが画面に表示された。こちらは一五秒でプログラムがロード完了する。

「俺は、研究所を一つ作るよ。セキュリティの研究所だ。軍と契約して、もう少しまともなファイアウォールを作ってみせる」

画面いっぱいに広がる数字が、確実に小さくなる。
1、0で、爆弾のイラストが画面に表示された。だが、導火線に火が点《つ》けられた爆弾は、いっこうに爆発する気配がなかった。
「爆発シーンのムービー・ファイルまでは用意できなかったか……」

フランクは、五秒あまり黙った後、口を開いた。

「駄目だ。どこかでブロックされたらしい——」

マットは、背負ったザックを降ろした。

モルダー大尉は、受話器を二つ握りながら、「国防総省の電話が、フレーミングを起こしそうだわ……」とぼやいた。

「今度は何が起こっている⁉」

アッカーマンが、背後から怒鳴《どな》った。

「レーダー網がブラックアウトしました。はっきりしたことは解りませんが、コックローチ演習のプログラムが使用された様子です」

「ゴキブリ⁉」

「空軍のレーダーマンたちはそう呼んでます。新型のレーダーが入った時や、整備が終わったレーダーに対する試験プログラムです。ゴキブリのように、無数の仮想ターゲットを出現させて、コンピュータが、過負荷に耐えられるかどうかテストするんです。しかし、これは、そのテスト基準の数十倍のターゲットを出現させています。各レーダーサイトに、NORADのメイン・サーバから一斉に送られているようです。ヨーロッパや日本のサイトも影響を受けた様子です」

「どのくらいで復旧できる？」

「ウィルス・プログラムの在処《ありか》を探し出してターミネイトしたうえで、数カ所で、ハードウェア・リセットを掛ける必要があります。おそらく、四、五時間は無理かと……」

「冗談じゃない。こんな時、ミサイル攻撃でも受けたらひとたまりもないぞ……」

「はい。おそらく、われわれが彼らの司令部に迫っているということでしょう。日本はすでに早期警戒機を上げています。どうにか凌《しの》いでくれることを祈るしかありません」

もし真っ昼間にこんなことが公《おおやけ》になったら、マーケットの崩壊に拍車を掛けて、すべての株が取引停止だと思った。

マット・ベーカリーは、無線探知で、日本のレーダーサイトがすべて沈黙したことを確認していた。

フランクは、額《ひたい》から汗を流し、「バカな……」と呟きながらキーボードを叩き続けた。

「バグなのか？」

「そんなはずはない。三度も実験した。まったく問題なく、帳簿まで辿《たど》り着けたし、ちょっと小さな額を移動してもみた。ばれた形跡もまったくない。そのゲートまではこうやって辿り着いているんだから……」

「長引くようなら、作戦を変えなければならない。中継基地との回線はいずれ探知される。その前に、こちらからのアップリンクに切り替える必要がある」

「準備を頼む。しばらくこっちでやってみる」

「パラボラを組み立て、方位を定めるまで二〇分はかかる。みんなすぐかかってくれ。

作業が完了してアップリンクを確保し次第、中継基地をリモートで爆破する」

全員が荷物を落とし、パーカーを脱いで作業に取りかかった。その二〇分が、彼らにとって命取りになった。


ブルドッグの後方に、お椀を背負ったE－2Cが見えた。

「止まってるって⁉」

「はい、根室、網走ともにサイトのレーダーが止まってます。電波自体は時々来ますが、処理系が止まっているようです」

センサー・オペレーターを兼ねる間島が報告する。

「なんでさ？　米軍とは別系統じゃないか？」

「データ通信のプロトコルは一緒ですから、どこかで潜《もぐ》り込まれたのかも知れません。いずれにせよ、E－2Cがいますから、突然ミグに迎撃されることはありません。左後方、EP－3Dが入ります」

「連中、どうやって探すつもりなんだ？」

「たぶん、自家発電のノイズでしょう。モーターの近くにラジオを近づけるとノイズが混ざる、あれです。あれを頼りに探すんだと思います」

ＥＣ－１が、ブルドッグの右舷を飛んで、国後島を探っていた。

飛鳥は、ＥＰ－３Ｄを視線で追っていた。

「なんだあれ？　何か見つけたのか？」

「こちらへは直接連絡は来ません。須米等木さんを呼び出しますか？」

「用事があれば呼び出すだろう」

そのうち、ＹＳが加わり、Ｅ－２Ｃから、捜索の邪魔になるので下がるよう通信が寄せられた。

「こちら須米等木です。遅くなりまして。こちらの視界に捉えています。ＥＰ－３Ｄに従ってください」

「見つけたのか？」

「はい。国後から発しているビームをさっきＥＰ－３Ｄが横切った様子です。三角測量を行なっています。どうやら知床岳の中腹のようです」

「どうやってそんなとこに入ったんだよ……」

「爆発物処理班とともに降下します。援護願います」

「了解、ブービートラップに気をつけなよ」

飛鳥は、左翼へ旋回しながら、ＥＰ－３Ｄのけ、つ、に付いた。旋回し終わるまでには、西からアプローチして来る二機のＵＨ－１Ｈヘリが視界に入った。その一機に須米等木が乗っているはずだった。

護衛のAH－1S対戦車ヘリを二機従えていた。

EP－3Dが、翼を極端に傾けて旋回に入った。

「ターゲットを発見したらしい。高度を五〇〇〇フィートにとり援護する」

ブルドッグも、その上空で旋回を開始した。上空から見る限りは、とりたてて不審な気配はなかった。ただ、深い笹藪《ささやぶ》が続いているだけだった。

須米等木は、まず八九式空挺《くうてい》小銃を持つレンジャーがラベリング降下するのを待った。

続いて、爆発物処理班が降りる。五分後、ようやく須米等木が降りた。

部隊の指揮を執《と》る第七機甲師団司令部付き小隊の阿部幸雄《あべゆきお》一尉が、ヘリを遠ざけてから手招《てまね》きした。

「あっちに、電源とパソコン、このパラボラ二基が、データ通信用だと思うが、どう見るね？　いちおう、C4爆弾がセットしてある」

すでに、隊員がその爆弾の信管を抜きにかかっていた。二基のパラボラ・アンテナは、迷彩色に塗られていたが、いずれも国後島方面を向いていた。

「間違いないでしょう。偽装ではないと思います。この一直線先に、敵の本拠地があると見ていい。ちょっとパソコンを調べさせてもらいます」

「アンテナとかどうすればいい？」

「ブービートラップだけ探してください。敵には、ここが発見されたということを悟《さと》られたくないので」

「ここにいた連中を捜索したい。自家発電の燃料を調べたら、ほぼ満杯状態だった。たぶん、ここを後にしてまだ二時間と経《へ》ていない。ヘリで脱出したのでなければ、まだ付近に潜《ひそ》んでいるはずだ」

須米等木は、アンテナの陰に隠されていたＤＥＣのノート・パソコンに取り付いた。裏面を慎重に探《さぐ》り、ブービートラップがないことを確認した。

画面を開くと、画面の焼き付きを防ぐためのスクリーン・セーバーが立ち上がっていた。

キーボードに触れると、画面が停止し、暗証コードの入力を求めてきた。

須米等木は、それには触らないことにした。コード入力を間違えた途端《とたん》、何かの警報がどこかへ飛ぶ仕組みになっているはずだ。

と、突然画面が反応した。爆破指令を受領してカウントダウンを開始した。

須米等木は、そのカウント・ゼロの表示に合わせて、ＬＡＮアダプターのカードを抜いた。

「これでひとまず安心だな……」

中継基地へのアップリンクも、その時点で止まっていた。

須米等木は、ただちに、すべての電源をシャットダウンさせた。この基地は、彼らにとってもう用なしだった。

須米等木は、パソコンを脇に抱《かか》えると、隊長の下に歩み寄った。

「この中継基地はもう用なしのようです。敵は、ここの爆破に成功したと錯覚していることでしょう。私は先に引き揚《あ》げさせてもらいます」

「解った。第五師団から後続の応援が来る。AH－1Sで頭を押さえてあぶり出すつもりだ。必ず見つけるよ」

須米等木は、その場に一〇分と留《とど》まることなく、UH－1Hヘリに釣《つ》り上げられて引き返した。

ブルドッグにも、いったん千歳へ引き返すよう要請した。

秩序が、初めてカオスに反撃を与えようとしていた。


パット・ウォッターズは、ゴルフ・ズボンにポロシャツというラフな恰好《かっこう》で、FBI支局前でキャブを降り、セトルズの釈放を求めるキャンドル・ライトの輪の中に入って行った。

その場にいたCBSのカメラマンがウォッターズを見つけて、大騒ぎになった。

支局前を固める警官隊がウォッターズを取り押さえる前に、ＣＢＳは、彼の短いインタビューを取ることができた。

マイクの背後で、誰かが、「ほんの二分、警官隊を防いでくれ！」と叫んでいた。本来、彼らの敵であるウォッターズのために、ネチズンの群衆が、警官隊をブロックして、彼のインタビューを助けた。

「貴方が犯人だという情報があるが？」

ウォッターズは、困惑した表情ながらも、「そのとおりだ」と応《こた》えた。

「今回の事件のすべては、私一人に責任がある。ヒロ市で犠牲になった警官の遺族に、心からお詫《わ》びを申し上げたい。誰かを傷つけるつもりはなかった」

「何が目的なのか？」

「ビジネスにはルールがある。私は、このネットワークの中にもルールを築いてほしかったのだ。それだけだ」

その瞬間、群衆の中からブーイングが起こった。

「アメリカ経済は崩壊しようとしている。その責任を感じないのか？」

「私は、厳密に計算された作戦を立てた。打撃を受けるのは、シートベルトやエアバッグもなしに乗用車をコンシューマに売りつけた連中であり、私は、そのことで後悔《く》もしなければ悔やみもしない」

数名のネチズンが、反論しようと怒鳴り始めた隙《すき》に、警官隊が割り込んでウォッターズの両腕を背後から摑《つか》んだ。

「メディアは、自ら進んで自分たちの暗部を抉《えぐ》るべきだ！　ネットワークは人畜無害ではないことを認識すべきだ！」

ネチズンのブーイングとマスコミのフラッシュの中、ウォッターズはビルの中へと引き立てられていった。


セトルズは、外の喧噪《けんそう》を気にしながらも、自分の房でパソコンを叩いていた。

夜警のメアリーが現われ、「ウォッターズが自首して来たわ」と告げた。

「ここへ？」

「そう。出なさい。話をさせてあげるから」

「私とかい？」

「ええ、ＴＯＰＳの連中が来るまでに、聞き出せることを聞き出してほしいと、モルダー大尉からの伝言よ」

「彼に暴力は振るってないだろうね。もういい歳《とし》なんだ」

「まったく、何でもかんでも権力を悪い物扱いするんですから」

セトルズは、ウォッターズを刺激しないよう、パソコンを持たずに房を出た。

取調室のウォッターズは、少し猫背《ねこぜ》になったような印象だった。最後に会った時から、老《ふ》けたという感じもなければ、疲れたという感じもなかった。むしろ、目的を達してサバサバした顔つきだった。

セトルズは、テーブルに着く前に、彼の右手を摑んで、冷たい握手をした。

「災難だったなミル……」

口を開いたのはウォッターズだった。

「初めてじゃない。だが、こういう結果になったのは残念だ」

「マーガレットはどうだい？　きっと怒っているだろうな」

「そうだな。こういう方法論は、彼女は好まない。マーフィ・グループに関する評価では私と彼女は違ったがね。なぜ証拠を残したんだね」

「私は、あのマーフィ・グループとて許すつもりはない。連中のほうが一枚上手《うわて》だろうが、マーガレットが辿り着けるだけの証拠は残したつもりだ。君は正しいと思うかね？」

「私は銃砲規制運動もやっている。子供がポルノのサイトを見るのが好ましいとは思わない。自分でやっていて思うのだが、運動というのはいつも過激に走りやすい。まだ成長過程のメディアだ。問題はある」

「ケビンは還《かえ》らない……」

「そうだな。銃がなければ、誰も死ぬことはないのと一緒かも知れない」

「誰もがネットワークに関しては、表現の自由だと言い逃れする。奇妙だと思わないか」

「私たちは、リボルバーを構えて政府と闘うことはない。武器を持って政府を監視することはない。だが、ネットワークは違う。われわれにとって、合法的な武器だ。すまないがパット、私はこの点で、君と意見の一致を見ることはない。ケビンのことは不幸だった。だが、みんながみんなパイプ爆弾作りで事故死するわけじゃない。リスクを冒すことなく、現代社会の恩恵に与《あず》かることはできないじゃないか。自動車しかり、ネットワークしかり。私は、今後も君の行為を評価するつもりはない。たとえそれでネットワークのセキュリティが向上したとしてもね。戦争のおかげで、飛行機や医学が進んだというようなもので、容認できるものではない」

バタバタと足音がして、モルダー大尉とスカリー捜査官が飛び込んで来た。

スカリーが、録音機を出してテーブルに置き、権利の説明を行なった。

「ウォッターズさん。動機であるとか、そんなのは後回しにします。まず、彼らを止める術《すべ》を教えてください」

「ない。私は彼らに資金を提供し、ハワイでの偽装工作に加担しただけだ。それも、爆薬を仕掛けるという話は聞いてなかった。もちろん、その責任を回避するつもりはないが」

「首謀者の名前は？」

「マット・ベーカリー。プリンストン大学の出身で、ある会社でシステムズ・コマンド相手のネットワーク・サーバの開発に携《たずさ》わっていた」

モルダー大尉が、サブノート・パソコンを開き、容疑者リストを画面に呼び出して、「あったわ！」と指差した。

「貴方との関係はどうなっているんですか？」

「私は、報酬として一人頭《あたま》五万ドルを支払う。彼らは、どこかの銀行から金をかすめ取るような計画を持っていたかも知れないが、それは些末《さまつ》な問題だ。連中が必要とする額など知れている」

「本拠地のことは？」

「ロシアの友人、マットのだが、それを抱き込んで、日本の近くに地上局《アップリンク》を作るようなことは聞いていたが、具体的な場所は知らない。もちろん、脱出方法も。彼らは、私を信用していなかった。私が連中を信用しなかったようにね」

「貴方から引き出せる情報はないとおっしゃる？」

「ああ、嘘発見器に掛けてもらってもよい。私は彼らの逃亡先も知らない。報酬は、全額前払いだった。私が出した要求はただひとつ。ネットワークの破壊だ」

「貴方が破壊したのは、ネットワークではなく、世界経済です」

「浮かれた連中が泣きを見たからといって、私は後悔しない。むしろ愉快だよ。言ってみれば、七〇年代、原油安の上で胡坐《あぐら》をかいていた連中と一緒だ」

「彼らと連絡をとる方法は？」

「今となってはない。われわれが連絡用に使っていたメール・アドレスは、まったく架空のもので、作戦開始一二時間前に、破棄《はき》されることになっていた」

ウォッターズは、そのアドレスを紙切れに書いた。モルダー大尉がすぐ空《から》のメールを送ってみたが、ほんの二分で不達で返って来た。

「電話番号も何もなしですね」

「そう。すべては電子メールでのやりとりだ。私は、あの若者たちを連れて何度かハワイへ飛んだが、極力接触しないよう心がけていた。お互いのためにね。彼がどんな仲間を募《つの》ったかもほとんど知らない。サイバーテロのＡＢＣの手法を使わせてもらったよ」

「パット。君は正常じゃない……」

セトルズが呻《うめ》いた。

「君のような聡明な経営者が――」

「誰も私の問いに応えてくれなかった！　シートベルト事故で、あれほどしつこくメーカーを問いつめる消費者団体ですら、私の訴えを聞いてくれなかったんだぞ⁉　ほかにどんな術があったというんだ。ケビンが死んだ後も、五人の若者がパイプ爆弾事故で死に、二〇人近い、将来ある若者たちが、誤爆の犠牲となって腕や眼を失った。それらの三人に二人は、インターネットで爆弾の製造方法を学んでいたんだ！」

「パット、パット！　よしてくれ。インターネットがなくたって、若者たちはどこからか情報を仕入れる。メディアというのは、そういうものだろう？　君の新聞は、犯罪を助長したことはないか？　レイプ記事を載《の》せたがために、暴行事件を唆《そそのか》したと訴えられたことはなかったか？　メディアには避けられない宿命がある。われわれはその二面性を理解していたはずじゃないか？」

「そうだ。だから、私はその罪を、孫の死という形で贖罪《しょくざい》させられたのだ。秩序なくして、表現の自由などない」

セトルズは、ただ首を振るだけだった。その表情は、徒労感に支配されていた。

後は、日本の活躍を頼るのみだった。

マーフィ・グループのベース・キャンプでは、フランクの死闘が続《つ》いていた。全身汗だくになり、最後には、Tシャツすら脱ぎ捨てて、何かに取り憑かれたように激しくキーボードを叩いていた。

「おかしいんだ……。プログラムじゃなく、何か人間の意思を感じる」

「人間の意思があるんなら、連中はメイン・サーバを閉鎖するだけだ。きっと新手《あらて》のファイアウォールだろう」

マットも、隣のパソコンに取り付いて、必死にアクセスを試みていた。

「少しは解ってきたぞ。ブロックされているのは、このエリアだけだ。ほかはまったく問題ない」

「ほかのことはどうでもいいんだよ⁉ 今さら、この金庫を開けられないことには、われわれは無一文でここを引き揚げる羽目《はめ》になる。それどころか、報酬を払えなくてロシアのマフィアにつけ狙《ねら》われて、よくて一生この島の中で逃げ回る羽目《はめ》になるんだぞ！」

「ミハイル、守備隊のラスボロフ大佐を呼び出してくれ」

「無線を使っていいのかい？」

「いや、駄目だ。インマルサットで、公衆回線に入ってくれ」

「こっちの交換機はほとんど寝ている。かなり時間がかかるものと思ってくれ」

ミハイル・ロストロビッチは、一度しまったＤＥＬＬのブック型パソコンを取り出し、もう一度回線を繋いだ。

不通状態が多い国後の交換機が生きていてくれればいいがと願った。

もし、予定どおりの金を入手できなければ、彼らは、この島から脱出することすらおぼつかなかった。

須米等木を乗せたＵＨ－１Ｈは、いったん中標津《なかしべつ》空港へと向かい、そこでＴ－４連絡機に乗り換えて千歳へと向かった。

結局、須米等木のほうが、ブルドッグより一〇分遅れで滑走路に降りた。

ブリーフィング・ルームの概況図の上には、飛行機の模型がところ狭しと並べられていた。

知床半島の上だけで、二〇機からのヘリが乱舞していた。

ブルドッグのメンバーが揃《そろ》ったところで、阪井茂光空将補が、指揮棒を持って説明を始めた。

「現在、第五師団の兵隊を乗せたヘリが知床へ向かっている。どう逃げても、この包囲網から脱出する術はない。じきに見つかるだろう。それで、ちょっとこれを見てほしいんだが……」

黒板に掛けられた地図に、知床から、一直線に赤いマジックが国後島へと引かれていた。

「これが、パラボラ・アンテナの向きと、各エリント機の情報収集による、電波の経路だ。知床岳のほぼ真東に当たるエピカラウス山の中腹に、敵の本拠地があるものと思われる。電波はこの方向から来ている。ここは、トショロの町が近くて、まがりなりにも道路も走っている。メンデレーエフ空港はまだ閉鎖されたままだ。ここには、軽飛行機の一機もいない。問題は、択捉《えとろふ》の天寧《てんねい》のミグだけということになるが、現状ではこれも飛べるかどうか疑わしい。過去一カ月間、飛行したという情報はない。付近を通りかかった日本人観光客からのレポートでは、エプロンでブタやニワトリを飼っていたそうだ」

「飛んで来ないという保証はあるんですか？　北方領土が駄目だといっても、樺太《からふと》からだって飛んで来られるんですから」

飛鳥が、その手の情報ほど当てにならないものはないという顔で言った。

「まあそう言うな。いくつか幸運なことがある。まず、樺太を飛び発《た》った機体に関しては、オホーツク海上でインターセプトできる。これは、絶対に阻止《そし》してみせる。問題は、むしろ、ほんの一、二機でも、択捉から上がって来るものは脅威になるということだ。それを阻止するために、ＥＣ－１とＹＳをエスコートさせる。これで、まずレーダーホーミング・ミサイルは潰《つぶ》せる」

「冗談はよしてください。敵は赤外線誘導ミサイルだって持っているし、バルカン砲だってあるんですよ。こっちが戦闘機ならともかく……」

「侵犯空域ぎりぎりでイーグルを待機させるが、交戦法規だってある。攻撃を受けたわけでもないのに、撃墜はできんよ」

「ああ、そうですか。じゃあ、せめて俺たちの仇《かたき》でも討《う》ってくださいね」

「残念だが、そういうことになる。敵が白旗を掲《かか》げたら、こちらからイエローホークを飛ばして、テロリストを回収、ただちに離脱する手筈《てはず》を整えてある」

飛鳥は、使い途《みち》のないディフェンダー・ヘリを降ろし、なるべく身軽な状態で離陸することにした。

万一、こちらから反撃する場合を考え、九一式携帯地対空誘導弾を搭載した。

それよりも、真横に並んでくれれば、一〇五ミリ砲で撃破する自信が飛鳥にはあったが。

ラスボロフ大佐は、まとわりつくようなしゃべり方で、呂律《ろれつ》が回らず、ウオッカが入っていることは一目瞭然《いちもくりょうぜん》だった。

「解っているよ。すでに対空機関砲は入っているんだし、後は操作員を送り込むだけだ」

「大佐、きちんとした連中なんでしょうね？」

「みんな軍隊上がりだ。きっと君らも気に入ると思うぞ。ただし、ロシアン・マフィアだからな。報酬はきちっと払ってもらうしかないが。敵のレーダーが死んでいることはこっちでも解っている。おおっぴらにヘリを飛ばすとも」

「急いでください。天寧のミグは出られるんですか？」

「一機につき、そうだな……。五〇万ドルほどでどうだ？」

「話が違うじゃないですか⁉」

「そんな話をした覚えはないぞ。五〇万ドルだ。それで君らの安全が保証されるんなら安いもんだろう。空軍は、まともな機体も燃料もないんだ。その程度の報酬は当然だと思うぞ」

「解りました。支払います」

「ミハイル、ミハイル……、脅《おど》かしたくはないが、君が話している相手は、軍人であり、この一帯を治めるロシアン・マフィアでもある。そのことを忘れないでくれよ」

「もちろんです」

電話を切りながら、ミハイル・ロストロビッチは、せめて自前で脱出用のヘリを確保しておくべきだったと後悔した。

古釜布《ふるかまっぷ》を離陸したミル8型ヘリは、すぐさまE－2Cのレーダーに捕捉《ほそく》された。

モルダー大尉がタライアのアパートを訪ねると、彼女は、毛布にくるまっていた。

赤い顔で冷や汗を流し、かなりの熱を出している様子だった。

「すぐ医者を呼びます」

「待って、後にして……。今時間を稼いでいるんですから」

「何のです？」

「彼らを、ベースキャンプに足止めするためのよ」

タライアは、震える指で、パソコンの画面を指し示した。

「世界じゅうを騙《だま》せても、私を欺《あざむ》くことはできないわ」

「何ですか？　これ。給与関係の画面みたいですけれど……」

「ねえ、ダナ。世界じゅうでもっとも巨大な企業はどこか知っている？」

「合衆国の四軍です。二〇〇万人にも達する」

「そう。その中でもとくに巨大なのが、陸軍。これは、陸軍の給与支払いサーバの画面で、貴方の給与も、今夜ここから、貴方のメインバンクへと支払われる。私に言わせれば、こんなの世界でもっとも愚《おろ》かな福祉事業よ。ろくに働いてもいない軍人に給料を払うなんてね。アメリカ人ってお人好《よ》しだから。それはともかく、彼らがレーダー・システムに侵入したのはね、貴方が考えているように、自分たちを守るためじゃないの。すべては、このメイン・サーバのデータを誤魔化《ごまか》すためよ。軍は、インターネットで分散ネットワークを開発しながら、その実、部内の問題は、メイン・サーバへの直結回路ですまそうとした。この家と似たようなところがあるわ。排水口を掃除したら、全然関係ないはずのトイレのランプが切れたりする。コンピュータの世界では、そんなこと、べつに珍しくもないですからね。それで、彼らは軍のシステムに入っている間に、というより、マット・ベーカリーがシステムズ・コマンドのプログラムを請《う》け負《お》う過程で、ちょっとしたバグを仕込んだのね」

「レーダー・システムがアウトになり、ハードウェア・リセットを掛けると、給与サーバのデータ記録を喪失する⁉」

「そう。平たく言えばそういうことになるわ。彼らはもう少し巧妙なことをしてのけたけれど。市中銀行から少しずつお金を巻き上げて、軍のサーバにいったんプールしたのよ。元の銀行はね、たぶん二〇〇〇かそこいらの支店から巻き上げたはずよ。それも後ろ暗い顧客の口座を狙って。で、それは今現在このサーバの帳簿に存在するんだけど、彼らはハードウェア・リセットを行なっている間に、そのお金を、この軍のサーバを使って、つまり資金洗浄、マネーロンダリングよね。綺麗《きれい》にして、彼らの名前で契約された銀行へとクリーンなお金を入金させるつもりだった。きわめて巧妙よ。軍の帳簿上は、もともと加算も減算もないんですから。ただ、市中銀行の側で、どうも後ろ暗い顧客の口座から、軍の口座へお金が移動しているってことだけ。すべてが正常に戻った時、残る証拠は、市中銀行から軍へお金が流れたということだけ。軍のサーバには残らない」

モルダーは、その方法の裏の意味に気づいて、「誰も訴え出ない⁉……」と呟いた。

「そう。しばらくは誰も訴え出ないわ。まず、銀行は、当然気づくでしょうけれど、軍の誰かへの裏金だろうと思う。顧客が気づいても、銀行はしばらく知らぬ存ぜぬで押し通すでしょう。何しろ軍のほうに記録が残っていないんですから。ましてやそれがブラック・マネーとなれば、顧客も公に訴え出るわけにもいかない。彼らは、たぶん、顧客の口座からどのくらいのパーセントでかすめ取るかも注意しているはずよ。一〇〇万ドルの預金しかないお客から二〇万ドル奪えば、スキャンダルになるけれど、一〇〇〇万ドルの預金者から二〇万ドル奪ってもどうってことはないわ」

「彼らは、どのくらい奪ったんですか？」

「平時の軍の経理の誤差がどのくらいかにもよるけれど、おそらくたいした額じゃないでしょう。ほんの数億ドル程度じゃないかしら。ロシアの軍やマフィアに報酬を支払い、日本の支援者と山分けしても、彼らが一、二年遊ぶには充分よ。連中の目的は、社長の椅子に収まることでもなければ、砂漠のど真ん中にハーレムを作ることでもないから」

画面が、時々フラッシュした。

「私が軍のサーバに設《もう》けたファイアウォールの突破を試みているのよ。ここを突破しない限りは、彼らはあの島からすら脱出できないわ。最悪の場合はマフィアに殺されるかも知れない、必死のはずよ」

「どのくらい保《も》ちますか？」

「そうねえ。連中もバカじゃないから、保って二時間かしら」

「軍のサーバを止めさせれば……」

「それは駄目よ。彼らはいったん諦《あきら》めて、すぐ逃亡にかかるわ。また捕まえるとなったらことよ。それに、明日の朝までに、犯人一味を逮捕しないと、マーケットの不安を払拭《ふっしょく》できないじゃないの」

「解りました。しばらく、このまま監視しましょう」

それにしても、どうして彼女はこんなに先へ先へと回れるのだろうと思った。

「ダナ……。私はチェスがうまいのよ。貴方の問いの答えは、それでいいんじゃないの？」

「また表情を読まれましたね……。でも、タライアさん。レーダー・システムの故障と、給与サーバを結びつけるなんて……」

「そうね」

タライアは、額の汗をタオルで拭いながら笑った。

「いずれセトルズが笑い話にするでしょうから、教えてあげるわ。四〇年前の学生運動というのはね、ほんとに、政府対人民の構図を持っていたのよ。何しろ、活動資金を得るために、銀行強盗が正当化されていた時代ですからね。たとえ銃を使ったとしても、資本家から金を巻き上げるのは、人民の権利だと、誰もが大まじめに考えていたの。私は、この歳になっても考えているわ。もし、ファシズムが台頭《たいとう》した時、私たちはどうやって政府を出し抜き、資金を得るかね。市民運動のヘッドというのはね、そこまで考えられる人間でなきゃ駄目なの」

「貴方が敵でなくてよかったわ。つくづく……」

タライアは、笑《え》みをたたえると、首をちょっとうなだれ、眠るように気を失った。

モルダー大尉は、タライアをベッドに寝かせて気道を確保すると、すぐさま医者を呼びに走った。

マーガレット・タライアが作った鉄壁のファイアウォールは、すでに二時間、敵の侵入を阻止し、なお持ちこたえていた。

この状況では、それは奇跡と言えた。

8章　B－TRON

諏訪は、ひとかたまりで逃げては、熱反応が大きくなると判断し、全員バラバラで逃亡するよう指示した。

だが、実際には、頭上を飛び交《か》う対戦車ヘリのせいで、ほとんど身動きがとれなかった。ただ笹藪の中に身を潜《ひそ》めているのが精一杯だった。

そのうち、風圧が頭上から叩き付けて来て、見つかったと思った。

諏訪は、なるべく深く藪の中に身を隠したが、直に銃弾が目の前を走った。パチパチと、笹が裂《さ》ける音がする。

やがて人の気配がして、上から発見されたのが、自分ではなく、高校生らだということが解った。

「新堂か⁉　そこを動くな。じっと隠れていろ！」

だが、返事はなく、なおも気配だけが接近して来る。銃弾もどんどん近づいて来た。

諏訪は、すぐ近くで地響きを感じ、ようやく気配の正体を悟《さと》った。逃げようと腰を上げた瞬間、藪の中から、体長二メートルはありそうな羆《ひぐま》が飛び出し、諏訪に襲いかかった。

右腕で頭を叩かれた瞬間、諏訪は首の骨を折って即死していた。彼が最期に見たものは、ヘリのキャビンから身を乗り出して、羆を撃《う》とうとしている兵士の姿だった。

須米等木は、ブルドッグのセンサーオペレーターのシートの補助椅子にいた。

知床岳に展開する部隊から、次々と高校生逮捕の知らせが入っていた。

ブルドッグは、E－2Cからの針路クリアの報告を受け、後方一〇〇〇〇メートルにEC－1とYS－11EL／EL改を従えて、ロシアが国境と主張する境界線上を突破した。

「なあ、俺たちって、ひょっとして領空侵犯してんのか？」

「いえ、あらゆる国際法に照らして、ここは日本領空です。領空侵犯と非難されるいわれはありません！　堂々とやりましょう」

すでに、ミル型ヘリが着陸したことで、敵の本拠地の位置は露呈していた。

左前方にオンネ湖の水面がきらきらと反射していた。

「でもここって、還《かえ》って来ないほうがいいかもね」

「そりゃ、税金は取れんわな」

「だって、還って来た途端《とたん》に有象無象《うぞうむぞう》の利権が入り込んで、この五〇年間守った自然や資源を、ほんの二、三年で使い果たすのよ」

「考えてみれば、妙な話だよな。こんな狭苦しい国で、急に面積が増えるなんていう都合《つごう》のいい話があるはずがないんだから」

「こちらセンサー・ステーション。目標ログハウスを発見。熱反応が周囲に認められます」

「了解。キャビン減圧開始。主砲、及びボフォース砲に榴弾装塡《りゅうだんそうてん》。目標西六〇〇〇メートルより回り込み、一度フライパスして様子を見る」

ブルドッグは、空飛ぶ重戦車だった。一〇五ミリのラインメタル戦車砲を主砲とし、副砲に四〇ミリ・ボフォース砲、さらに二五ミリの六砲身バルカン砲を備《そな》えていた。

彼らは、六〇〇〇メートル離れた、敵の防空火器の射程外から、砲弾をピンポイントで命中させることができた。

飛鳥は、身を乗り出して左翼下方を監視しながら操縦した。ブルドッグの攻撃火器及びセンサーのすべてが、機体の左舷側に装備されていた。

「対空砲座を確認！　人がいます」

その瞬間、藪の中からパッと瞬《また》くものがあった。

「ミサイル・ウォーニング！」

白煙を引きながら、ミサイルが上がって来る。飛鳥は、フレア・ディスペンサーを放出しながら、機体を右翼へ捻《ひね》った。

後ろで、須米等木が「わっ⁉」と呻《うめ》くのが解った。

「おい、ベルトぐらい締めといてくれよ」

飛鳥は、そう言いながらも、視線でミサイルを追っていた。

マグネシウムを主成分とするフレアが燃えさかりながら機体の倍の幅に広がり、ミサイルを吸い寄せる。だが、ミサイルは、そもそもここまでの射程を持っていなかった様子で、やがて推進力を失い、藪の中へと落下して行った。

「おい、間島、対空砲座は何基だ？」

「小屋を囲むように二基です。旧式ですが、射程はあるものと思ってください」

「さて、どうしたものかな。離れて威嚇《いかく》するか？」

「ええ、そうしてください」

「よし、もう一周だ。距離一〇〇〇〇で、主砲攻撃を行なう」

ブルドッグは、何ごともなかったかのように再び円周を描き始めた。

フランクは、口の中で「解った、解った……」と呟きながら作業していた。

「何が解ったんだ？」

アジトのすぐ外で、機関砲がぶっ放《ぱな》されているせいで、あまり落ち着いた気分にはなれなかった。

「タイムラグがあるんだ。こちらの侵入コードを判断するのに、時々タイムラグが生じることが解った。あるところまではいい線をいっているんだ。だが、何が鍵になるかが解らない。もうすぐだ……。あと一時間くれ」

「一時間？　冗談はよせ。一〇分とて、保《も》つかどうか解らないぞ」

サブリナは、腰に白いシーツを巻いていた。

「あ、あたしは、危なくなったら、このシーツを白旗代わりに振らせてもらいますからね」

「こうなったら、捕まってもいいさ。金さえ確保していれば、いつかは使える。たんまり付いた利子と一緒にな」

「ミハイル、もう一度大佐を呼び出せ。一機あたり一〇〇万ドル出すから、ここの主権をきちんと守れとな」

「それで飛んで来てくれれば安いということか」

マットは、別の方法を考えていた。敵の通信システムを解読して、乗っ取る準備を開始した。

彼にとってはちょろいものだ。相手が日本なら、アメリカ空軍と似たようなシステムを使っているはずで、一機や二機なら偽情報を流して、基地への帰還を命じることぐらいできるはずだった。

　飛鳥は、ログハウスから一〇〇メートルほど離れたところに積み上げられたドラム缶の山を狙《ねら》った。

　ブルドッグのヘッドアップ・ディスプレイ《HUD》は、真正面ではなく、機長席左側にある。飛鳥は、照準レクチルとピパーで目標を捉《とら》えながら、距離一〇〇〇〇メートルで、一〇五ミリ主砲を一発発射した。

　発射した瞬間、また須米等木が「ヒェー!?」と素《す》っ頓狂《とんきょう》な声を発した。

「しっかりしてくれよ。コンピュータ屋さん。こんなのは序の口なんだからな」

　弾《たま》は、緩《ゆる》やかな放物線を描いて、ドラム缶の山に吸い込まれて行った。

　爆発が起こり、空のドラム缶が高さ五〇メートルほどまでに舞い上がる。

　その瞬間、ログハウス内のパソコンの電源がすべて落ちた。ただちに、無停電電源装置が作動して電力をバックアップする。

　爆発の炎が、半径一〇〇メートルほどに飛び散り、そこいらじゅうが炎に包まれた。

「あとはヘリを呼んで終わりかな」

「そうもいかないみたいよ」

　レーダーに、高速飛行物体が映っていた。

「こちらホークアイ、戦闘機二機が天寧を離陸して向かって来る。ものはおそらくミグ29フルクラムだ」

「了解、電子妨害《ジャミング》頼むよ」

飛鳥は、アジトの東側へと抜けながら高度を下げ始めた。

「フルクラムのルックダウン・レーダーって優秀なんだよな……」

「じゃあ、まず逃げる算段を考えたら？」

「俺の性《しょう》に合わない」

「空で死にたいからって、私を巻き込まないでね」

東の水平線に、夕陽《ゆうひ》を浴《あ》びて光る機体があった。

「レーダー・ロックオン！　間もなくミサイル来ます！」

「やれやれ、こんなに高度を下げてんのにか？」

敵の機体が瞬《まばた》きしたように見えた。

「来ます！」

「そーら、ＥＣ－１の出番だ」

ＥＣ－１電子戦訓練機が、強力なジャミングを開始する。発射されたばかりで、まだ母機誘導を必要とするＲ－77セミ・アクティブ・レーダー誘導ミサイル二発が、突然渦を巻くように飛行し始め、オンネ湖のあたりへと墜《お》ちて行く。

「どのくらいミサイルを持っているかな。接近戦に持ち込みたいが」

「冗談はよしてよ」

飛鳥は、敵との間合いを考えながら、北へと針路をとり、ログハウスを中心に反時計回りの旋回に入った。

「こちらホークアイ、間もなく赤外線誘導ミサイルの射程に入る」

「騎兵隊《イーグル》はまだか？」

「向かっている」

後方監視カメラが、発射された四発の赤外線誘導ミサイルを捕捉する。

「四発とは穏《おだ》やかじゃないな……」

飛鳥はさらに高度を落としながら、フレアを発射した。すでに、対地高度一〇〇フイートを切っていた。

「ついでだ。対空砲座を一基潰《つぶ》すぞ」

操舵輪《ホイール》の武装スイッチを、主砲からボフォース砲に切り替える。

「オンリーワンだ……」

コクピットの眼前いっぱいを、笹藪が支配する。対空機関砲の弾が向かって来る。時々、機体に命中して火花を散らせた。

飛鳥は、「カモン……、カモン……」と呟きながら、HUDの中心部に、その機関砲座の、藪から覗く銃身を捉えた。

「ミサイル、二発墜落、もう二発来ます」

「これでおしまいだ！」

引き金を引くと、四〇ミリ榴弾が、機関砲座へと吸い寄せられて行く。距離は一〇〇メートルもなかった。弾薬が爆発し、花火のように弾が飛び跳《は》ねる。

二発のR－73赤外線誘導ミサイルは、その花火の中へ吸い寄せられて行った。

飛鳥は、ただちに機体を立て直す。

「敵機は⁉」

「五時方向から回り込もうとしています」

「よし、もっと引き寄せるぞ」

飛鳥は、徐々にブルドッグの高度を回復し始めた。

「どうせ向こうはプロペラ機だと思って舐《な》めているんだ。その隙《すき》を突かせてもらうぞ」

左翼へバンクすると、案《あん》の定《じょう》一機が、挟み込むために、ブルドッグの左翼へ先回りしようとした。

飛鳥は、その一瞬の隙を逃さなかった。

戦闘機は真正面にしか攻撃できない。だが、ブルドッグは真横への攻撃ができる。

フルクラムが一瞬真横へ並んで、ブルドッグをオーバーシュートしようとした瞬間、飛鳥は、二五ミリ・バルカンを斉射《せいしゃ》しながら、ラダーペダルを右へと踏み込んだ。

フルクラムの尾翼を直撃した二五ミリ砲は、エンジンをぶち抜き、コクピットをバり注《そそ》いだ。

命中した弾丸は、全部で二〇発にも及び、フルクラムは、地上へ激突する前に、まるで角砂糖が砕《くだ》け散るように空中で分解し、爆発することなく、破片のまま地上に降ラバラにした。

だが、安心するのは早かった。もう一機が頭上を通過する。

「森本《もりもと》三曹！　準備はいいか？」

「はい、森本三曹、特攻精神でもって闘《たたか》います！　いつでもどうぞ」

「またバカなことを……」

歩巳が隣で眉《まゆ》を顰《ひそ》めた。

「後部ランプ・ドア・オープン！　みんな、ベルトを確認。物の固定を確認しろ」

「センサー・ステーション・オーケー！」

「主砲ステーション・オーケー」

「ボフォース、バルカン砲座オーケーです」

「須米等木さん！　パソコンを抱いてな」

「な、何を始めるんですか⁉」

「こういうこと――」

飛鳥は、高度一〇〇〇フィートでエルロン・ロールを打ち、機体を上下逆《さか》さまにして背面飛行に入った。

機体後部で、ドタドタ人間が走り回るのが解った。

「森本三曹、行きまーす！」

開いたランプドアの、本来は天井の部分に、九一式誘導弾を担《かつ》ぐ森本肇三曹が走り、背後から迫り来るフルクラム戦闘機に照準を付けて発射した。

通常なら、ランプドアを開いても、視界は下にしかないが、逆さまになることによって、良好な上空視界を得ることができる。

飛鳥は、逆さまになったまま、命中を確認するまで地面を真上に飛び続けた。山の斜面が迫り、ホイールを押して喘《あえ》ぐブルドッグを上昇させる。

フルクラムは、ただちにフレアを発射して回避運動に入ったが、何しろ、フレアは、機体より前へは飛ばない。

正面要撃性を備えた九一式の勝ちだった。ミサイルは、ブレイクするフルクラムの右翼付け根へ命中した。

翼を折りながら落ちて行く途中で、フルクラムは大爆発を起こした。

「命中確認！」

ただちに機体を立て直す。

「よくやった森本！　ビールワンケース。積み立てから出してやるぞ」

「はい！　生《なま》でお願いしますね。銘柄《めいがら》はどこでもいいですけど」

後ろで、須米等木がゲロ袋にゲーゲーやっているのが解った。

「よし、もう一基の対空砲座だ」

上空に、ようやくイーグルの編隊が現われた。

「今ごろ、何だってんだ……」


ミハイルは、頭から血を流しながら、ログハウスに飛び込んで来た。

もう部屋の中まで煙が漂《ただよ》い、サブリナが激しく咳き込んでいた。

「逃げたほうがいい！　戦闘機が、たちまちあのプロペラ機の餌食《えじき》になって……」

「輸送機なんだろう？」

「いや、西側で言うところのガンシップだ。とんでもない闘い方をする。背面飛行でけつからミサイルを撃ちやがった」

「解っている。もう一〇分で脱出するしかない。発電機が殺《や》られたせいで、無停電電源装置に頼っているが、もう一〇分しかバッテリーは保《も》たない。あの敵を排除して発電機を修理しない限りはな」

マットは、膝《ひざ》にDECのハイノートウルトラを載せたまま喋《しゃべ》った。

「どうやって排除するんだ⁉」

「いくらプロペラ機といったって、このごろの飛行機はコンピュータの統制下で飛んでいるはずだ。レーダーサイトとのデータパスを捕捉《ほそく》した。あとは乗っ取るまでだ」

マットがリターン・キーを叩くと、ブルドッグのレーダー画面が一瞬フリーズした。

歩巳が、最初それに気づいた。

「レーダー、ゴーストかしら……、また敵機よ」

「何やってんだよ⁉ ホークアイは。見えていないのか⁉ イーグルだって来てんのに」

「機長！ ベルトを外してそっちへ行きます！ 背面はごめんですよ！」

ゲロ袋を握りしめた須米等木が、シンクパッドを抱えてコクピットへ上がって来た。

「大丈夫？」

「大丈夫なわけないでしょう⁉ 輸送機が背面飛行するなんて話は聞いたことがない！」

須米等木は、コクピットのレーダー画面をまず消した。シンクパッドからは、いくつものコードが延びていた。

「何が起こったんだ？」

「ブルドッグのシステムを乗っ取り、偽《にせ》情報を流そうとしているんです。でも大丈夫。ブロックしてあります」

「ほんとにブロックしてあるのか？　ごめんだぞ、バンクを取った途端に舵《かじ》が入りすぎてひっくり返るなんてのは？」

「大丈夫。私を信じてください。今、この回線は、敵のボスと繋がっています。奴に解らせてやりますよ！」

須米等木が斜めになったまま、キーボードを叩き、イヤホンマイクを、シンクパッドのほうに付け替えた。

「マット！　マット！　君の負けだ！　おとなしく降伏しろ」

須米等木は、歩巳も驚くようなネイティブなイントネーションで喋った。

「何者だ⁉　貴様《きさま》は」

「君の記憶の中では、クレイジー・カミカゼとして記憶されている」

「スメラギなのか⁉」

「そうだ。君は、このガンシップを乗っ取れない。もちろん、けっして複雑なシステムじゃないがね」

「そんなことはない。現に、そいつは、ダミーのレーダー映像を見ているはずだ」

「それだけだよ。君の名誉のために、私がそこだけスルーにしたんだ！　教えてやる。日本の軍隊は、昔はともかく、このごろはメイドインUSAのOSでは動いていない。アメリカ政府が寄ってたかって開発を妨害した国産のB《ビー》－TRON《トロン》をベースにしたO

Sで動いている。ファイアウォールは完璧《かんぺき》だ」

「……。君も乗っているのか？」

声の背後に、エンジン音が被《かぶ》さっていた。

「そうだ。こういう形になって残念だ。降伏したまえ。君らがロシアン・マフィアの犠牲になる前に救出してやる」

「残念だ。スメラギ。君も仲間にすべきだと、ジョージに言ったんだ」

「われわれの理想はこんなはずじゃなかった」

「いや、これがわれわれの理想だよ。君もいずれ解る時が来る」

須米等木は、自らの意思で、ログハウスとの回線を切断した。そして、飛鳥に告《つ》げた。

「降伏しなければ、攻撃してください。きっと、ロシアン・マフィアは、タダではすまさないでしょう」

「敵のボスと知り合いだったの⁉」

「昔の話ですよ。大昔のね……」

須米等木は、硬い表情でパソコンを閉じると、コクピットを降りた。

白い靄《もや》のような煙が充満する部屋の中で、マットも、ハイノートの電源を降ろした。

B－TRONが生き残っていること自体驚きだったが、彼らにとっては、まったく未知のOSだった。それを基《もと》に作られたシステムとあっては、手の出しようがなかった。


「バッテリーはあと何分だ？」

「五分保つかどうかだ……」

「全員脱出の準備をしろ」

「そんなこと言ったたって⁉」

「ここでロシアン・マフィアに殺されるよりは、連邦刑務所で手記でも書いたほうがましだ」

「いいだろう。俺は、バッテリーが抜けるまでやり抜く。誰か知らんが、こいつは気に入った。いい腕の持ち主だ」


日ごろチャラチャラしているフランクは、覚悟を決め、クラッカーとしてのプライドを賭《か》けて闘うつもりだった。

飛鳥は、残った対空砲座の撃破にかかった。一〇五ミリ砲二発で砲座を撃破した後は、ログハウスを囲むように二五ミリ砲をお見舞いし、降伏を呼びかけた。

そこいらじゅうが炎に包まれていた。地上で這《は》い回っていたロシア人たちが、ドアを開けて出て来たジーンズ姿の女に向かって、銃弾を浴びせかけるのが見えた。

女は、ドアの前でばったりと倒れた。

ＲＰＧロケット弾を持つ男の姿が見えた。

「証拠隠滅ってやつね……」

ログハウスを囲むようにガソリンを撒《ま》いている男もいた。

飛鳥は、それを阻止《そし》すべく機体を操《あやつ》ったが、一瞬遅かった。ロケット弾がランチャーから離れた後に、四〇ミリ榴弾があたりを払い尽《つ》くした。

ロケット弾の命中で、ログハウスに火が回り、ほんの五分と経ずに、屋根が崩れ落ちた。

脱出できた者は誰もいなかった。

後始末のために、本土からＵＨ－１Ｈに乗ったレンジャーが乗り込んで来る。

撤収までの二〇分、ブルドッグは上空を旋回して捜索を支援した。

回収できたものは、パソコンの本体を収納する、金属フレーム部分だけだった。

太陽が沈んだ午後七時、アメリカ東部標準時午前五時、合衆国副大統領アーロン・ガイガーは、ニューヨークから特別機で呼び寄せたＴＯＰＳのアッカーマン局長を従え、満面の笑みで早朝の記者会見に臨《のぞ》んだ。

各国政府の協力と、ＴＯＰＳスタッフの献身的な努力により、すべては解決され、事態は完璧に収拾されたと、ガイガーは、誇らしげに述《の》べた。

この事件によって、サイバースペースの性格は変わるのかという質問に、ガイガーはきっぱりと首を振った。

「過去においても、また未来においても、わが国がテロリストにより、その方針を変えることはない。サイバースペースは、すべての地球市民のものであり、すべての地球市民に、無条件に開放されている。今後も、この空間の自由が侵犯されることがあってはならない。われわれは、自由の名において、彼らサイバーテロリストと闘うだろう」

それが、アメリカが下した結論だった。

鳴海は、外務省新館の窓のない部屋で、経済産業、総務の課長補佐氏らと、ＣＮＮでそのライブ中継を見ながら、缶ビールでささやかな祝杯を上げていた。

「ピンとこないものがあるよな。自由っていったって、そのプロトコルは、アメリカの都合でいつ変わるかも解らないんだから」

鴨志田警視正がぼやいた。

「そうだよなぁ……。ネットサーフィンといっても、公衆回線じゃ、亀みたいなスピードでしか楽しめないし、電話代は高いし、しょせん日本じゃ、新し物好きの道楽のレベルで終わるような気がするけどなぁ……」

「おいおい、経済産業さんがそんなことじゃ困りますな。ネットワークは世界を変えると、われわれ総務は旗振ってるんですから。今時、ネットワーク以外に景気の牽引《けんいん》車はないんですよ。もう少し胸を張りましょうよ」

「まあ、あれだね……」

鳴海がおもむろに口を開いた。

「生まれた時には、パソコンとネットワークがあったという世代になれば、このインフラの有効な使い途も見つかるだろう。もう一〇歳若ければと後悔しても始まらんからな……」

まるで、自分に言い聞かせているようだった。


千歳の政府専用機前のエプロンに駐機するブルドッグの後部キャビンでは、須米等木が死んだように微動だにせず寝ていた。

機体は、ところどころ穴が開き、外の光が差し込んでいた。

ハンガーでは、隊員たちの酒盛りが始まっていた。

歩巳は、冷えた生ビールを持ち、ランプドアからキャビンに入り、弾薬箱を椅子代わりに須米等木の隣に掛けた。

「起きてるんでしょう？」

「ええ、まあ……」

須米等木は、背中を向けたまま喋《しゃべ》った。

「話しちゃいなさい。楽になるわ」

「僕が向こうにいたころ、コンピュータ思想に関するカンファレンスがありまして、それで各大学から研究者たちが集まり、ラスベガスで一週間議論したんです。飲み食い、バカをやりながらね。その集まりは、ずっと続きました。プリンストンの、マットの指導教授が旗を振っていたんですけれど。コンピュータの未来像や、限界に関して、ニューズ・グループを作って議論していたんです。僕と、諏訪の二人だけでしたね、日本人は。僕なんかよりずっと頭がよかった。僕が五〇のチップセットで作るプログラムを、奴は半分で組み上げるんです。天才でしたよ。でも、奴はついてなかった……。親父《おやじ》さんが、ある一流企業の取締役だったんですが、スキャンダルに巻き込まれましてね、詰め腹を切らされる恰好《かっこう》で、首を吊って自殺したんです。それで、日本の企業社会を恨《うら》むようになった。付き合いはそれっきりでした。マットは……、あれは二〇年早すぎた。彼のネットワーク社会論をまともに聞く人間はいなかった。理想がすぎたんです。彼は……」

「貴方は現実を見たわけね」

「さあ、どうですかね……。自信はないですよ。僕だっていつ、この世界を壊《こわ》したいと思うか解らないんですから」

須米等木の溜息《ためいき》が聞こえた。

歩巳は、黙ってその場を辞した。コンピュータは、使う人間の思想を反映する。まるでその未熟なコンピュータ社会自体が、人間そのものだと思った。

エピローグ

テレビカメラが見守る中、ミルトン・Ｒ・セトルズが入廷し、彼を起訴するかどうかの予審審問が開始された。

検察側として、ＦＢＩのスカリー捜査官が証言台に立ち、彼が開発したＭＡＤプログラムが、麻薬組織に利用され、麻薬捜査に甚《はなは》だしい障害となっていることを具体的な事例を挙げて訴えた。

ただし、彼は、後にインターネット・クーデターと呼ばれることになった、あの、狂気の数日に関して、犯人グループがＭＡＤプログラムで捜査を撹乱《かくらん》したことは述べなかった。

続いて、弁護側として、セトルズの古き友人であり、顧問弁護士であるジョン・Ｄ・ワーグナー弁護士が、杖《つえ》を頼りに立ち上がった。

老《お》いてなお、アメリカの司法界に君臨する正義の番人だった。

「親愛なる裁判長……、これは、あるいは私が法廷に出る最後の事件になるかも知れない。貴方と同様、私も困惑している。コンピュータの暗号？……。そんなものはわたしゃ知らん。私の生活には、たいして縁のないものだ。貴方にとってそうであるように。さて、私も老いぼれた。ここにいる、いい歳をして、いまだに政府を出《だ》し抜こうなどと考える不逞《ふてい》の輩《やから》を、どう弁護すればいいものか皆目《かいもく》見当もつかない。そこでだ、つい二日前、エアメールで届いた、ある女性からの手紙をここで読み上げたい。この手紙が投函《とうかん》されたのは、シンガポールにおいてだが、彼女がこれを書いたのは、インドネシアの首都、ジャカルタにおいてと思われる」

ワーグナー弁護士は、震える手を背広の内ポケットに突っ込み、愛用の蝶《ちょう》ネクタイを締めた胸の上で、芝居がかった恰好でひらひらと便箋《びんせん》を振り、老眼鏡を掛けると、その手紙を突き放して「さて、諸君！」と読み始めた。

「静粛《せいしゅく》にな。この手紙の中にあるのは、聡明で、崇高《すうこう》なる使命に燃えた、一人の人間の魂《たましい》なのだ——。拝啓、セトルズ様。私は、ここインドネシアで、東チモールの解放運動に携《たずさ》わる、一人の人権活動家です。貴方と同じく、政府と闘う一人です。インターネットを通じて、貴方の不当逮捕を知りました。われわれのオフィスは、日常的に、秘密警察の監視下にあります。週二度は、深夜に引っかき回され、資料をさらわれて行きます。先日、ついに彼らは、私たちのパソコンを押収して行きました。その中には、私に情報を提供してくれるインフォーマーの名前や、外国への脱出を待つ東チモール人の氏名なども入っていました。しかし、それらのすべての情報は、貴方が開発したMADプログラムによって、プロテクトされていました。私はその時、一週間にわたって拘束《こうそく》され、お決まりのレイプと拷問《ごうもん》を受けましたが、幸いに鍵を渡すことなく耐え抜きました。貴方が開発したプログラムは、こうして、多くの国々で、独裁政権と闘う人々を守ってくれています。私たちに、闘う武器を授《さず》けてくださったことを感謝しています。どうか、貴方のご無事を祈っています――」

ワーグナーは、ここで効果的な小休止を挟んだ。三〇秒近くも黙り込み、人々を睥《へい》睨《げい》するかのごとく見渡した。

「……以上だ、諸君。この手紙を書いた人物、すなわち、アメリカ国籍を有するアメリカ人の人権活動家、アリス・ロゼッタ・マクマイヤー二五歳は、昨夜、ジャカルタ市内の路上で、銃殺死体となって発見された。自由のために犠牲となった、故人の冥《めい》福《ふく》を祈りたい。親愛なる裁判長、私の弁論は以上である。付け加えることは何もない」

後に、ワーグナー弁護士の、最後にして、最高の弁護と称《たた》えられた裁判は、わずか二〇分で結論を見た。記者席からすら、万雷《ばんらい》の拍手が起こり、負けたスカリー捜査官すらが、セトルズに握手を求める始末だった。

マーガレット・タライアのアパート周辺は、アーロン・ガイガー副大統領が到着する一時間前に周辺ブロックが閉鎖されていた。

セトルズは、いつものズボンにサスペンダーという恰好だったが、花束を持つダナ・

モルダー大尉は、合衆国陸軍夏期士官正装という出《い》で立ちで、アパートの玄関で、副大統領のリムジンが到着するのを待っていた。

「恥ずかしいわ……、こんな恰好で」

「私のほうがよほど恥ずかしいよ。この歳になって、国家の手先と握手しなきゃならないなんて……」

ガイガー副大統領は、アパートの玄関で、まずセトルズと握手し、ぎこちない笑みを浮かべるモルダー大尉の最敬礼を受けた。

カメラの放列がそれを収め、のちに「和解」というキャプションを付けることになった。

タライアは、もうベッドに縛《しば》り付けられたような状況で、車椅子が寂しく部屋の片隅に畳《たた》まれていた。

ガイガーは、タライアのベッドの上に、バラの花束を置いた。

「何年ぶりかな……。三〇年ぐらい会ってなかったかな」

「貴方が、議会に打って出てからだから、そのくらいかしらね」

「あのころの君は眩《まぶ》しかったよ」

「貴方は世間知らずのネンネだったわ」

「ああ、まったくそうだ。疑う余地もない。まったく困ってしまったよ。君は勲章《くんしょう》なんか受け取らないし、そもそも国家から、どういう形でお礼をしていいものか見当もつかない」

「そういう発想は捨てなさい。国家は人民の下僕《げぼく》なんですから、お礼なんかもらう筋合いはないわ」

「私もその頑固《がんこ》さを見習いたいよ。とくに議会で、そんな大見得《おおみえ》を切ってみたいものだ」

「ウォッターズは元気にしてる？」

「ああ、昨日面会して来たよ。まあ、終身刑は免《まぬが》れないだろうけれど、彼が望んだ結果だ。君に追われたことが、せめてもの慰《なぐさ》めだよ」

セトルズは、皺《しわ》が寄ったタライアの手を握りながら言った。

「そんな顔をしないの。私たちは、コンピュータと違って、いつかは永遠の眠りに就《つ》く。それが、人間の人間たる所以《ゆえん》なのよ」

「そうだな。そう思うよ……」

「ダナ？　貴方のような若者と知り合えて幸せだったわ。もう少し勉強してほしいけれどね」

「ありがとうございます。貴方の協力がなければ、今ごろ世界恐慌の引き金を引いてました」

「何にせよ幸運だったわ。この歳になって、誰かのために役立てるというのは嬉《うれ》しいものよ。たとえそれが国家であってもね」

タライアは、静かに瞼《まぶた》を閉じた。彼女の人生にも、幕が降りようとしていた。

だが、マーガレット・タライアの精神は、ネットワークの中で、永遠に生き続けるのだ。

ブルドッグ・チームは、また硫黄島での厳しい訓練に明け暮れていた。

ブリーフィング・ルームに引き揚げると、歩巳だけでなく、間島と須米等木が、前後左右からがっしりと飛鳥を取り囲み、キーボード上に置かれた震える手を睨《にら》んでいた。

「だから、そうじゃないでしょう⁉　ホームポジションを覚えなさいって言っているじゃないの？」

と歩巳。

「よくないですよ。そうやっていちいち手首を持ち上げてキーボードを叩くと肩が凝《こ》りますから。肩が凝ると、最終的には、疲れが眼に来るんです」

と間島。

「両脇に卵を挟むような感じでね、要領としては、操舵輪と一緒です。何も特別なことはないんですよ」

　と、あやすように須米等木が……。

「ちょ、ちょっと待ってくれ！　なあおい、ここで俺が、三〇分かければ打てるものを、一〇分でタイプしなけりゃならないっていう必然性を説明してくれないか？」

　飛鳥は、むっとした顔で抗弁した。

「単純じゃないの。一〇分で叩ければ、それだけよけいに作業できるのよ」

「そんなのデスクワークを増やすだけじゃないかよ？」

「あら、効率化というのはね、それだけ仕事を増やせるという意味でもあるのよ。何か勘違いしていない？　パソコンが入るからって、仕事が減るわけじゃないんですから」

「冗談はよしてくれ……」

「また食わず嫌いで……。だいたいねぇ、おかしいじゃないの。一〇〇〇〇メートルも離れたポイントに、ワントライで、一〇五ミリ砲弾を叩き込む人間が、どうして、キーボードすらまともに叩けないの？　やればできるって。マウスのダブル・クリックだってマスターしたんだから」

　飛鳥は、たまらずキーボードに突っ伏した。

「いいよ、もう……。俺さあ、ゲームさえやってりゃいいから」

飛鳥の闘いは、まだ始まったばかりだった。

敵は、あまりにも強大無比《し》で、彼の闘いは、まさに日本全国の中間管理職のそれと同じく、惨《みじ》めな孤軍奮闘を強いられる絶望的な戦争と化しつつあった。

文庫版のためのあとがき

この原稿のゲラを持って、私はパリ行きの飛行機に乗った。日本は梅雨に入ったばかりで、空港まで傘を差さずに済むことを祈りながらの出発だった。

機内では、劇場に見に行きたかったけれど、結局見逃したマーベル映画の「キャプテン・マーベル」を上映していたので、離陸すると真っ先にその映画を観た。マーベル作品は、いろんな時代のヒーロー物語を描いてきたが、この作品も異例で、舞台は現代ではない。主人公が空からレンタル・ビデオ屋に落ちてくる場面から始まるが、ただしそこに置いてあるのはＤＶＤではなく、ＶＨＳのビデオである。

ネットカフェに行けば、ブラウザはネットスケープ・ナビゲータ。アカウントはＡＯＬ。と言っても、今の人々はＡＯＬの意味もわからないだろう。データはＣＤ―ＲＯＭに焼かれ、読み込みの遅さに主人公が苛つく場面もあった。アマゾンは、まだ生まれたか否かの頃。物語は、そんな一九九〇年代半ばのインターネット勃興期を舞台に展開する。

私の世代にとっては、何もかも、あったあった！　という、ほろ苦い想い出が詰まったシーンが続く。

キャプテン・マーベルを堪能した後、すぐゲラ読みに掛かった。だが冒頭のプロローグ部分で、私はいきなり真っ青になり、うーん……、と悶絶することになった。あまりにも古すぎる。ウインドウズ95に、モデムに、テレホーダイ！　テレホーダイと言っても、いったいどれだけの人が理解出来るだろうか。こんな時代遅れな本を今頃出して良いのだろうかと首を傾げながら読み進んだ。

ここには、当時飛ぶ鳥を落とす勢いだったものの、もはや存在もしないパソコン・メーカー名も出てくる。

だが、半分ほど読み進んだ所で、キャプテン・マーベルを思い出した。あの作品は、女性が社会進出を始めた時代を描いた少女の成長物語でもある。空軍パイロットである主人公は、男の壁に挑みながら高みを目指して飛び続ける。

私の小説に描かれているのは、言ってみればインターネット時代劇である。この四半世紀、私たちのテクノロジーで最も画期的で劇的な進化を遂げたインターネットという技術の時代劇物語である。

私と同世代の読者は、そんなこともあったなぁ……、とニヤニヤしながら読んで下さると思う。そして、あの時代からの技術の進歩に改めて驚愕することだろう。

インターネットのスピードは確実に速くなった。われわれが想定する以上の速度で大量のデータを瞬時に送れるようになった。テレビ電話も可能になった。あらゆるものがネットと繋がり、パソコンは、スマートフォンとして掌に収まるようになった。

音声入力も可能になったが、残念ながら、右手に持つマウスの利便性には適わない。マウスは当分、捨てられることはないだろう。

システムへのハッキングはますます日常化複雑化し、取り締まる側とのイタチごっこの終わりは見えない。OSは複雑化する一方で、この巨大システムからバグが消えることもない。インターネットの言論空間は、フェイクニュースに溢れ、あまりにも混沌としている。

モータリゼーションの波が、暴走族と交通事故を連れてきたようなものだ。今にして思えば、あの時代の、児戯にも等しい悪戯の多くは、そのまま複雑化し、凶悪化した。

この作品を書いた頃、私は、ネットワークは世界をより良く変えるだろうことを信じて疑わなかった。現実はどうなったか。残念ながら、今世紀初頭を振り返っただけでも、そうではなかったことは明かだ。インターネットは、愛や和解では無く、憎悪と偏見を世界に拡散し、社会を分断する原因になっている。

羽田を離陸後十二時間を経て、搭乗機がシャルル・ド・ゴール空港に着陸したまさにその瞬間、私はこのゲラを読み終えた。私が欧州に通い始めた三〇年前から、飛行機のスピードはたいして速くなっていない。昔も今も東京―パリ間は十二時間掛かる。

恐らく、四半世紀後も、旅客機のスピードは変わっていないだろう。一方で、インターネットは、まだまだ進化していく。五年後の状況ですら、私には予想できない。どんな技術が生まれ、どんな企業が生き残り、誰が市場を支配しているのか、丸っきり見当も付かない。

せめて、この便利なツールを使って、社会をより良く出来ると確信を持てる人間が、それらの技術をリードしてくれることを私は祈りたい。

二〇一九年六月、パリにて。

大石英司

本書は一九九六年九月に祥伝社より刊行された『電子要塞《サイバー》を殲滅せよ　―シリーズ制圧攻撃機《ブルドッグ》出撃す⑤―』を改題し、文庫化しました。

本作品はフィクションであり、実在の個人・団体などとは一切関係がありません。

文芸社文庫

電子要塞《サイバー》を潰せ！
制圧攻撃機《ブルドッグ》突撃す

二〇一九年八月十五日　初版第一刷発行

著　者　大石英司
発行者　瓜谷綱延
発行所　株式会社　文芸社
〒一六〇－〇〇二二
東京都新宿区新宿一－一〇－一
電話　〇三－五三六九－三〇六〇（代表）
〇三－五三六九－二二九九（販売）
印刷所　図書印刷株式会社
装幀者　三村淳

ISBN978-4-286-21186-2